Les amants
du belvédère

Emily Grayson

Les amants du belvédère

ROMAN

Traduit de l'américain
par Nicole Hibert

Albin Michel

Titre original :

THE GAZEBO

Publié par William Morrow and Co., Inc., New York

Traduction française :

22, rue Huyghens, 75014 Paris

www.albin-michel.fr

ISBN : 2-226-10989-7

À mes enfants

1

ELLE n'avait pas senti la présence de l'homme aux cheveux d'un blanc argenté qui se tenait sur le seuil. Depuis combien de temps était-il là ? Allez savoir. À un moment, Abby leva la tête et le vit, immobile. Il n'ébauchait même pas le geste de frapper à la porte. Il ne s'était pas présenté à la réception, sinon on l'aurait prévenue. Il n'avait pas non plus demandé la direction du bureau d'Abby, car dans ce cas on l'aurait accompagné. Non, il l'avait trouvée tout seul, comme s'il connaissait les lieux, et maintenant il restait là, prêt, semblait-il, à attendre jusqu'à la fin des temps.

— Oui ? marmonna-t-elle, avant de se repencher sur son travail.

— Pardonnez-moi de vous déranger, mais j'ai quelque chose qui pourrait vous intéresser.

— Excusez-moi. Je suis débordée.

Abby relut une page d'épreuves et tapa ses corrections sur le clavier de l'ordinateur posé au bord de sa table. Elle ne voulait pas se montrer discourtoise, cependant quand on dirigeait un journal, on avait des délais à respecter. Le visiteur qui débarquait sans prévenir dans le bureau du rédacteur en chef n'était pas le bienvenu.

— Cela peut sans doute attendre ? dit-elle, relisant, tapant.

— Je crains que non.

Elle lança un bref coup d'œil à l'homme campé sur le seuil. Il portait une légère veste de toile ; à ses pieds, sur le sol, une mallette de bonne qualité, malgré l'usure du cuir. Le personnage ne semblait pas être de la région, néanmoins elle n'en aurait pas juré. Elle hésita, puis se concentra à nouveau sur sa tâche.

— Cela ne prendra qu'une minute, insista-t-il. Vous êtes bien Abby Reston, n'est-ce pas ?

Elle opina, sans le regarder.

— J'ai une histoire que j'aimerais vous livrer. Vous jugerez peut-être qu'elle mérite d'être imprimée dans le *Ledger*. Il s'agit d'une histoire humaine, pour ainsi dire.

Son intuition ne l'avait pas trompée. Le *Ledger*, fondé au milieu du siècle passé, était une sorte d'institution publique. Depuis qu'elle en avait repris la direction, six mois auparavant, Abby avait souvent reçu moult suggestions émanant de fidèles lecteurs pour un « merveilleux » article : la disparition des alliances lors d'une cérémonie de mariage, la mort d'un schnauzer adoré, des querelles entre voisins. En principe, ce que les gens estimaient parfait pour le journal s'avérait trop personnel, trop anecdotique, ou simplement dénué d'intérêt.

— Vous devriez vous adresser à l'un de nos journalistes, lui dit Abby. Je vais vous mettre en contact avec…

— Non, coupa-t-il.

Abby lui décocha un nouveau coup d'œil.

— Il faut que cette histoire soit rédigée par quelqu'un qui sache vraiment écrire. Je pense que c'est à vous de le faire. Je pourrais vous la raconter, ensuite vous déciderez.

Abby considéra son écran d'ordinateur, le point d'insertion qui clignotait, impérieux, puis l'homme immobile dans l'encadrement de la porte.

— D'accord, à condition que vous la résumiez en deux ou trois phrases.

Il hocha la tête.

— Il s'agit d'une histoire d'amour.

— Nous avons grand besoin d'amour en ce monde, je vous l'accorde.

Elle s'adossa à son siège dont les montants de bois craquèrent.

— C'est mon histoire, poursuivit-il. Pardonnez-moi, je ne me suis pas présenté. Je m'appelle Martin Rayfiel.

Il la dévisagea, guettant sa réaction. Elle haussa un sourcil interrogateur.

— Devrais-je vous connaître ?

— Non, pas obligatoirement, répondit-il avec un sourire énigmatique. Mais, naguère, ce nom suscitait dans cette ville des réactions diverses.

Il redressa les épaules, prit une profonde inspiration.

— Je serai bref. Chaque année, le 27 mai au crépuscule, je rencontre la femme que j'aime au belvédère du square. C'est le seul moment où nous avons la possibilité d'être ensemble.

Du menton, il montra la fenêtre. Abby fit pivoter son fauteuil pour promener son regard sur le square que lui désignait son interlocuteur, sur la gloriette où une jeune mère était assise avec son petit garçon, lequel s'énervait parce qu'elle s'évertuait à lui nettoyer la figure avec un mouchoir.

— Une fois par an, murmura-t-elle, et il confirma d'un hochement de tête.

Ce n'était donc pas une épouse qu'il retrouvait là, songea-t-elle. Une maîtresse ? Dans ce cas, pourquoi confier ce secret à Abby ? Et pourquoi lui demander de le révéler au monde — ou, en tout cas, à Longwood Falls ? Il avait réussi à l'intriguer, mais cela ne signifiait rien, elle le savait ; la curiosité faisait partie de son métier. En revanche, les lecteurs s'intéresseraient-ils à un événement annuel manifestement intime ? Telle était la question.

Elle consulta le calendrier sur la table.

— Demain nous serons le 27.

Il opina encore.

— Claire et moi, nous nous rencontrons le 27 mai dans la gloriette depuis longtemps. Depuis cinquante ans, en fait. Et jamais nous n'avons manqué un rendez-vous.

Cinquante ans... Abby venait juste de fêter son trente-cinquième anniversaire ; elle avait de la peine à imaginer qu'on pût vivre tant d'années, et surtout qu'on pût aimer un être durant un demi-siècle. Elle observa son visiteur avec attention, pour la première fois. Martin Rayfiel n'était certes plus un gamin, toutefois il était étonnamment séduisant et avait conservé quelque chose de juvénile. Ses cheveux un peu trop longs étaient striés de mèches blanches, rejetés en arrière par une main nerveuse, semblait-il. Il frôlait probablement les soixante-dix ans, l'âge que le père d'Abby aurait eu. Quand elle tenta de se représenter Martin Rayfiel au temps de sa jeunesse, brun, sans rides, ses mains fines encadrant le visage d'une fille — un garçon amoureux —, ce fut l'image de son propre père qui lui vint à l'esprit. Cette image s'effaça aussitôt, car Abby ne voyait pas son père en jeune homme passionné, même s'il avait aimé sa femme jusqu'à l'heure de sa mort, sept mois plus tôt.

— Abby ?

Kim, la réceptionniste du journal qui assumait également les fonctions d'agent commercial, apparut soudain sur le pas de la porte, derrière Martin Rayfiel. Petite, affublée d'un bandeau rose, Kim, constamment surexcitée à cause des litres de café qu'elle ingurgitait, se dandinait d'un pied sur l'autre. Martin s'écarta.

— J'aurai ces formulaires dans l'après-midi ? Il me les faut absolument.

Abby resta coite, incapable de se souvenir de quels formulaires parlait Kim, puis elle se ressaisit, s'excusa et promit à Kim de réparer son oubli.

— Je suis navrée, dit-elle à Martin. J'aimerais entendre la suite, mais...

D'un geste vague, elle montra Kim, l'ordinateur dont le point d'insertion clignotait toujours.

— Ce n'est pas grave, murmura-t-il. Mettons que je suis arrivé au mauvais moment.

Cette pensée parut l'amuser, car un petit sourire joua sur ses lèvres.

— Merci quand même. Au moins, j'aurai essayé. Vous avez été très aimable, je vous en suis reconnaissant.

Il s'inclina, empoigna sa mallette et s'éloigna aussi silencieusement qu'il était venu.

Abby voulut le rappeler, mais que lui dire ? En admettant qu'elle ait le loisir d'écouter le reste de son histoire, elle ignorait si ce récit conviendrait pour le journal. Néanmoins elle se sentait coupable de laisser partir sans un mot cet homme qui avait aimé la même femme pendant cinquante ans. Ce fut seulement lorsque Kim eut déposé la paperasse sur la table et quitté le bureau, et quand Abby se retourna vers la fenêtre pour suivre des yeux Martin Rayfiel qui traversait le square, passait près du belvédère sans le regarder, marchait droit devant lui, sa veste de toile flottant autour de son corps, comme si un simple souffle de vent pouvait l'emporter très loin de ce lieu, qu'elle sut ce qu'elle aurait voulu lui dire : « Joyeux anniversaire… »

Le lendemain, Abby réussit à boucler la dernière édition du *Longwood Falls Ledger*. Elle réunit ses collaborateurs, rédigea son éditorial sur le problème des taxes scolaires, but trop de café, sauta le déjeuner, combattit sa fatigue au milieu de l'après-midi à l'aide de deux barres chocolatées, après quoi, naturellement, elle se reprocha d'avoir grignoté des sucreries au lieu de manger la salade qu'elle avait mise le matin même dans le mini-réfrigérateur du bureau. Enfin, à dix-sept heures pile, elle appuya sur une touche de son ordinateur, expédiant ainsi le *Ledger* du 28 mai 1999 chez l'imprimeur.

On était donc le 27 mai. Abby se leva et étira ses bras. Pour la première fois de la journée, elle pensa à l'homme étrange qui lui avait rendu visite la veille ; cet homme qui, pour une raison mystérieuse, ne pouvait retrouver qu'une fois par an une femme nommée Claire.

Abby considéra la gloriette qui se dressait au loin, sur son belvédère, cherchant à apercevoir les deux amoureux. Mais non, c'était trop tôt : au crépuscule, avait-il dit. L'heure n'avait pas encore sonné, et d'ailleurs qu'aurait-elle pu distinguer depuis sa fenêtre, hormis deux personnes qui s'aimaient — or le square de la ville accueillait de nombreux couples qui flânaient sur ses pelouses.

Elle quitta le bureau et, d'un pas vif, parcourut les quelques centaines de mètres qui la séparaient de sa maison de bois sur Alder Lane. Avoir la possibilité de courir embrasser sa fille pendant sa journée de travail représentait un privilège insigne — dont elle ne jouissait pas lorsqu'elle était rédactrice en chef d'un magazine new-yorkais.

Elle entra dans la demeure et gagna la cuisine où Miranda, âgée de six ans, dévorait les croquettes de poulet en forme de dinosaure que lui avait préparées la gouvernante, Mme Frayne.

— Regarde, maman. Un tricératops ! clama la fillette, brandissant une croquette.

Elle se souleva de sa chaise pour embrasser sa mère, de l'autre côté de la table. Abby huma avec délice le doux parfum de sa fille : une odeur de chocolat au lait et de shampooing fruité.

Elle écouta ensuite Miranda parler de l'école. Sa classe avait visité une ferme, et chaque élève avait eu la permission de toucher le pis d'une vache, une expérience palpitante que Miranda décrivit dans ses moindres détails. Abby, les coudes sur ses genoux, scrutait le visage de sa fille, mémorisant chacun de ses traits en prévision de la longue soirée de travail qui l'attendait. Miranda avait le teint de son père, ses yeux bruns, ses cheveux cuivrés d'Irlandais. Chaque fois qu'Abby posait les yeux sur Miranda, le souvenir de Sam l'assaillait ; une punition singulière, mais c'était ainsi, on n'y pouvait rien.

Elle n'avait jamais pensé qu'il serait facile d'élever seule un enfant, pourtant elle ne mesurait pas combien il lui serait pénible d'abandonner perpétuellement Miranda. Il fallait toujours se séparer à cause d'une réunion, d'un bouclage. À New York, c'était encore pire. Toutes deux ne pouvaient profiter l'une de l'autre que durant les week-ends, ou bien le soir après le départ de Mme Frayne, quand elles s'écroulaient en travers du grand lit d'Abby pour jacasser comme des pies. Abby tressait les cheveux de Miranda, lui lisait des histoires. Elle ne connaissait pas de plus intense bonheur.

Maintenant il était temps de regagner le bureau. Elle se leva et posa la main sur l'épaule de sa fille.

— À tout à l'heure, maman, dit Miranda avec un grand sourire, avant de se replonger dans sa bande dessinée qui racontait les aventures de trois fillettes détectives.

Miranda était déjà dans sa bulle, l'univers qu'elle s'était créé.

— Au fait, Abby ! dit Mme Frayne. J'ai failli oublier. Quelqu'un vous a appelée de New York, un certain Nick. Il voulait juste vous saluer et prendre de vos nouvelles à toutes les deux.

Miranda s'arracha à sa lecture, l'air intéressé.

— Nick le docteur ?

Abby opina. Nick Kelleher lui avait laissé plusieurs messages, depuis qu'elle s'était installée ici. Ils avaient bavardé deux fois, brièvement, pour se tenir au courant de leurs vies respectives. Abby ne l'avait jamais encouragé. Pourtant il continuait à téléphoner.

— Il m'a paru très gentil, ajouta Mme Frayne d'un ton pénétré.

— Il l'est, rétorqua Abby en pivotant pour se diriger vers le vestibule. À plus tard ! lança-t-elle à la gouvernante et à Miranda, avant que celles-ci ne se répandent en éloges sur Nick.

Tandis qu'elle retournait au siège du journal, elle remarqua que le ciel s'obscurcissait ; la plupart des gens, leur tâche quotidienne accomplie, s'apprêtaient à rentrer chez eux. Le crépuscule tombait, et Abby s'arrêta dans le square. Elle avait encore du travail, certes, mais peut-être cela en faisait-il partie : une histoire qu'on l'avait priée d'écrire, l'histoire de Martin Rayfiel et d'une femme nommée Claire. Une histoire d'amour.

Abby s'assit sur un banc à proximité du belvédère — pas trop près pour ne pas paraître indiscrète, mais suffisamment pour observer... quoi donc ? Le rendez-vous ? La gloriette ne semblait pas un endroit approprié pour une rencontre clandestine : désuet, ouvert aux quatre vents. Au fond, peut-être était-ce pour cette raison qu'ils l'avaient choisie. Qui soupçonnerait deux personnes réunies dans un lieu public d'avoir quelque chose à cacher ?

Abby réalisa soudain qu'elle n'avait jamais prêté une réelle attention à la gloriette. Le petit pavillon était là, tout simplement. Elle n'avait jamais remarqué la grâce de cette construction, un octogone de bois peint en blanc, coiffé d'un toit dont les pans se rassemblaient en une pointe qui se découpait contre le ciel. Un édifice délicat, frivole, inutile, qui cependant avait, au moins pour deux êtres, une importance majeure.

Abby s'appuya au dossier du banc et entama sa vigie. Elle vit arriver une grosse dame outrageusement fardée et coiffée d'un chapeau de paille à large bord. Pourvu que ce ne soit pas Claire. Mais non, la passante s'éloigna. Ouf, soupira Abby. Puis une autre femme, rousse et jolie, en tenue de jogging, vint s'asseoir dans la gloriette, cependant elle paraissait trop jeune pour être celle qui, durant cinquante ans, avait retrouvé Martin dans ce lieu. Quelques instants après, deux de ses amies, elles aussi en survêtement, la rejoignirent. Elles firent quelques exercices de stretching, puis repartirent au pas de course. Plus personne, ensuite, n'approcha du belvédère.

Les lumières tout autour du square s'allumèrent soudain, imitées un moment plus tard par les antiques réverbères qui éclairaient les allées du jardin public. L'ensemble formait un aimable tableau. D'ailleurs, toute la ville de Longwood Falls, dans l'État de New York, possédait un charme indéniable. Paisible, chaleureuse et pittoresque, avec sa verdure et ses étangs, ses routes sinueuses bordées de clôtures basses. Pourtant cela n'avait pas suffi pour la retenir ici. Comme beaucoup de ses camarades, sitôt son bac en poche, Abby Reston avait, sans l'ombre d'un regret, pris un train qui filait vers le sud, vers New York.

Maintenant elle était de retour. À la mort de son père, emporté par une crise cardiaque, Abby était rentrée à la maison afin d'aider sa mère à organiser les obsèques. Elle avait amené Miranda et la gouvernante, si bien que les jours étaient devenus des semaines, le temps de reprendre la direction du *Ledger* qu'assumait son père, et de se construire pour elle et sa fille une autre existence.

Ses collaborateurs disaient qu'elle travaillait trop, ils avaient raison. Il lui fallait se réadapter au rythme d'une petite ville. À Manhattan, où elle rédigeait les dossiers de fond d'un magazine de mode, elle quittait souvent le bureau après minuit ; à dire vrai, elle aimait l'atmosphère qui régnait à ces moments-là, quand on se réunissait autour d'une pizza et d'une bouteille de vin, pour se lamenter et gémir d'épuisement. Mme Frayne, à l'appartement, veillait sur Miranda ; Abby lui payait son taxi et la renvoyait chez elle au milieu de la nuit. « Vous vous tuez à la tâche », grommelait la gouvernante, un commentaire que l'entourage d'Abby répétait à l'envi.

Le goût du travail était chez elle une sorte d'atavisme. Elle le tenait de son père et, parfois, assise à la table de bouleau qu'il avait occupée pendant quarante ans, elle se demandait si, comme elle, il ne puisait pas du réconfort dans ces heures intenses, lorsqu'il s'agissait de se montrer lucide et efficace, de sélectionner parmi une masse d'informations celles qui méritaient d'être imprimées.

Cette histoire lui aurait plu, elle en était convaincue. Il aurait publié dans le journal la légende de ces deux amoureux qui, durant un demi-siècle, s'étaient retrouvés une fois par an. Il savait comment toucher ses lecteurs. Aurait-il été ému — était-il capable de considérer un récit autrement que de son point de vue de rédacteur en chef? C'était un tout autre problème. Un jour, alors qu'Abby était beaucoup plus jeune, elle avait demandé à sa mère :

— Qu'est-ce que papa aime le plus, toi ou le *Ledger* ?

— Voilà une question complexe, avait rétorqué sa mère après réflexion. Je pense qu'il nous aime tous les deux, moi et son journal, mais pas de la même manière.

Cette réponse avait sidéré Abby. Elle s'attendait à des paroles rassurantes : « C'est moi qu'il aime le plus, voyons, seulement ton père a du mal à exprimer ses émotions. » C'eût été vrai. Pourtant sa mère avait préféré livrer à Abby une autre vérité, plus profonde, et ce faisant elle lui avait donné une leçon essentielle : si tu ne veux pas connaître la réponse, ne pose pas la question.

Ce soir, Abby était venue ici au crépuscule pour décider si cette histoire valait ou non la peine d'être publiée. Toutefois elle s'était aussi installée sur ce banc, près de la gloriette, pour sonder ses propres réactions — non pas celles de la rédactrice en chef, mais de la lectrice. Cette histoire lui inspirait-elle de l'intérêt ou de l'indifférence ? Éveillait-elle un écho dans son propre cœur ?

Malheureusement il était trop tard maintenant, Claire et Martin ne s'étaient pas montrés, et Abby ne saurait sans doute jamais.

Il faisait sombre dans le jardin. Le soleil avait disparu derrière les arbres, à l'ouest du square. Martin avait dit que Claire et lui n'avaient jamais manqué un rendez-vous, pas une seule fois en cinquante ans. Abby balançait entre l'irritation et l'inquiétude. Elle envisagea même d'alerter la police, mais que raconterait-elle ? Elle ne connaissait pas cet homme et cette femme. Peut-être l'un d'eux avait-il eu d'autres obligations, peut-être avaient-ils remis leur rencontre à un autre jour. À moins qu'ils ne fussent venus et repartis alors qu'elle sortait de chez elle pour retourner au bureau. Et si toute cette affaire n'était qu'une supercherie ? Non, elle n'y croyait pas. Martin Rayfiel, au cours de leur bref entretien, lui avait paru sincère et résolu ; un homme vulnérable, vibrant.

Abby se leva et jeta un coup d'œil alentour. Elle était toute seule à présent. Les boutiques qui encadraient le square étaient fermées, leurs rideaux baissés, les portes verrouillées. Elle se dirigea vers la gloriette déserte, monta les marches, et s'assit. Elle essaya d'imaginer Martin et Claire, enlacés sur les étroits bancs de bois blanc. Ce fut à cet instant qu'elle remarqua quelque chose, à moitié dissimulé sous l'un des sièges. Elle se pencha pour s'en saisir : une mallette.

Elle la tira de l'ombre et la posa sur le sol. Le cuir, usé par le temps, était d'excellente qualité. Du bout des doigts, elle effleura les initiales gravées en relief sur le côté : M.R.

La mallette de Martin Rayfiel, celle qui était posée à ses pieds la veille, sur le seuil du bureau.

L'avait-il laissée là dans l'espoir qu'Abby la trouverait ? Et pour quelle raison aurait-il agi ainsi ? À nouveau, elle balaya le square du regard ; personne en vue. Elle demeura un instant indécise, puis appuya sur les fermoirs. Le couvercle se souleva sans difficulté.

Elle découvrit dans la mallette un fatras de vieux papiers qu'elle distinguait mal dans le faible éclairage dispensé par les réverbères du jardin. Ces souvenirs n'évoquaient rien pour elle, ils n'avaient pas plus de sens que des vieilleries exhumées d'une malle, dans le grenier d'un inconnu : des cartes postales, des lettres, des menus de restaurant, des photographies jaunies, de menus objets ternis par l'oubli. Elle les toucha avec précaution, craignant presque de déranger quelque ordre subtil.

Soudain, elle sentit sous ses doigts plusieurs cassettes maintenues par un large élastique. Elle les prit, les tourna vers un rai de lumière pour déchiffrer l'inscription figurant sur la première de la pile. D'une écriture élégante, on avait noté ceci : POUR ABBY RESTON — PRIÈRE D'ÉCOUTER D'ABORD CES ENREGISTREMENTS.

Elle tressaillit. Il lui sembla que quelqu'un, tapi dans l'obscurité qui cernait le belvédère, chuchotait son nom. Une fraction de seconde, elle faillit refermer la mallette et la replacer sous le banc, comme si elle n'était jamais venue ici, n'avait jamais lu ces mots écrits sur la cassette.

Mais elle les avait lus. Les cassettes reposaient dans sa main, elle les soupesait ; en fait, elle pesait le pour et le contre. Elle ne s'était donc pas trompée ; il avait laissé la mallette dans la gloriette à son intention — ou du moins afin qu'on la lui remette, si quelqu'un la trouvait avant elle.

Souhaitait-elle vraiment s'impliquer ? Si elle rapportait ces cassettes à son bureau, les glissait dans le lecteur qu'elle gardait près d'elle en travaillant, pour écouter Chet Baker, les chansons des Beatles ou les Études de Chopin, elle s'immergerait dans le passé de ces gens — quel que soit ce passé. Elle avait envie de savoir qui étaient Claire et Martin, pourquoi ils n'étaient pas là ce soir. Jusqu'à quel point, cependant, le désirait-elle ?

Si tu ne veux pas connaître la réponse, ne pose pas la question.

Abby empoigna la mallette, comme si elle lui appartenait, et rebroussa chemin. Lorsqu'elle atteignit les locaux du journal à présent déserts — ses collaborateurs avaient sagement rejoint leur famille pour prendre leur seul repas chaud de la journée et s'accorder un peu de détente —, elle tira sur la chaînette qui allumait sa lampe à pied flexible ; un cercle de lumière baigna le chaos régnant sur sa table.

Elle repoussa les paperasses, puis se dirigea vers le réfrigérateur du hall d'où elle sortit une bouteille de gewurztraminer qui y rafraîchissait depuis plusieurs semaines — cadeau, si elle se souvenait bien, d'un annonceur satisfait : le propriétaire d'une boutique de chaussures pour les grands et les gros (« Jusqu'au 50 et plus ! »). Elle chercha un tire-bouchon dans le tiroir de la kitchenette, rafla un verre sur la paillasse de l'évier et embarqua le tout dans son bureau. Là, à la lueur de la lampe, Abby déboucha la bouteille, se servit une bonne rasade de vin, et mit la première cassette dans le lecteur.

« Bonsoir, dit la voix enregistrée de Martin Rayfiel. Si je ne me trompe pas, vous entendrez ceci à la nuit tombée, quand vous aurez compris que Claire et moi ne viendrons plus à la gloriette. Je suis navré de vous avoir déçue, mais la situation est très compliquée et ne peut être expliquée de façon superficielle. Voilà pourquoi j'ai pensé que, peut-être, vous auriez le désir d'écouter l'histoire que j'ai à vous raconter sur Claire et moi. J'espère que les documents dans la mallette vous aideront à illustrer mon propos. Certains vous paraîtront ridicules, vous vous demanderez pourquoi je les ai conservés durant toutes ces années. Je crois être un incorrigible sentimental, ce qui m'a valu les moments les plus heureux et les plus douloureux de mon existence. »

Abby se pencha pour retirer ses chaussures et posa les pieds sur la table. Le son de cette voix, dans la sérénité d'une soirée printanière, était étrangement apaisant, et quand la jeune femme but sa première gorgée de vin et s'adossa à son fauteuil, elle pensa que c'était une voix qu'elle pourrait écouter une nuit entière.

Ce qu'elle fit.

2

Claire Swift ne portait jamais de chapeau. L'hiver, quand elle était enfant, sa mère la pourchassait en brandissant frénétiquement un bonnet de laine, mais Claire s'enfuyait tête nue. Toute son existence, chaque fois que Martin penserait à elle, il la verrait ainsi, sans chapeau, les cheveux dansant sur ses épaules. Lors de leur première rencontre, cependant, il n'y prêta pas attention.

C'était un vendredi, le 27 mai 1949, précisait Martin sur la cassette. Tous deux étaient alors âgés de dix-sept ans. Ils avaient grandi à Longwood Falls, mais les vies qu'ils menaient dans cette petite ville étaient si différentes que jamais ils ne s'étaient adressé la parole. Ainsi que Martin l'expliquait, cette différence se résumait à un simple fait : sa famille à lui était riche, celle de Claire ne l'était pas. Elle habitait l'un des modestes cottages pressés les uns contre les autres dans une impasse du centre, et allait à l'école publique. Il résidait sur les hauteurs, dans un quartier — la Colline — de vastes demeures prétentieuses, et fréquentait une école de garçons extrêmement sélecte, à une trentaine de kilomètres de Longwood Falls. À l'instar de ses voisins, il planait au-dessus du monde ordinaire. Mais, contrairement aux habitants de la Colline, il refusait de s'isoler dans son cocon ; souvent il descendait de son piédestal pour s'aventurer dans le centre-ville, quoique sa fortune et son uniforme gris de style militaire fissent de lui une cible idéale.

Ce jour-là, après les cours, Martin sirotait un Coca pression chez Beckerman's, le café des jeunes, avec ses robinets étincelants, ses tabourets pivotants et son juke-box pourvu d'une impressionnante collection de disques, quand il entendit les commentaires habituels : tiens, voilà le pédé. Qu'il rentre donc chez lui, à la Colline, qu'il monte sur son trône et qu'il y reste.

C'étaient les gars du lycée local qui l'insultaient, il les avait déjà affrontés, et ils recommencèrent à se bagarrer comme des sauvages. Martin se jeta sur l'un d'eux, son poing cogna une mâchoire ; il y eut un craquement sourd, pareil au bruit de dents mordant dans une pomme. Son adversaire bondit en arrière, frappa Martin à l'œil ; un choc mat résonna dans son crâne, une douleur atroce le plia en deux, et il s'affala sur le carrelage blanc. Il ne voyait plus que les pieds des tabourets pivotants. De loin, il entendit la porte se refermer. Ses adversaires avaient filé. Beckerman, un homme d'âge mûr au tempérament anxieux, qui essuyait constamment ses mains moites sur son tablier, aida Martin à se relever et sectionna un pain de glace. Avec gratitude, Martin en prit un morceau qu'il appliqua sur son œil, lequel s'enfonçait déjà dans les chairs tuméfiées. Puis il sortit dans la rue ensoleillée.

Le chauffeur de la famille, Henry, l'attendait au coin, sans doute appuyé à la Bentley, cigarette au bec. Mais Martin n'avait aucune envie d'être ramené à la maison, où sa mère ne manquerait pas de faire une scène, de s'agiter autour de lui en titubant, tandis que son père le morigénerait en lui reprochant de « s'être battu avec des vauriens d'en bas ».

Martin Rayfiel entra donc dans le square, ses pieds enfonçant dans l'herbe. Il avait plu la veille, et une odeur forte de terre mouillée imprégnait l'atmosphère. Des élancements et une sensation de brûlure vrillaient son œil meurtri, cependant il réussit à se traîner jusqu'au belvédère. Martin avait toujours aimé le petit pavillon posé, comme au hasard, au milieu du jardin public. Il monta les marches blanches et s'allongea sur le banc, les genoux repliés, la tête posée sur le bois verni, bien lisse. Soulagé d'être enfin seul, il repositionna le morceau de glace sur ses paupières, et poussa un profond soupir.

— Bon Dieu de bon Dieu, grommela-t-il entre ses dents, quelle veine tu as, mon vieux…

— Je ne dirais pas ça, rétorqua une voix.

Martin, stupéfait, se redressa d'un bond. Une fille lui faisait face, les bras croisés. Elle était à peu près de son âge et lui souriait. Non, en fait, elle se moquait de lui. Martin se prépara à essuyer derechef de nouvelles insultes, quelque commentaire désobligeant sur sa famille. Ce ne fut pas le cas. De son œil sain, il vit le livre qu'elle tenait sur ses genoux, *Treasures of European Sculpture*[1]. Elle était jolie dans sa robe d'été couleur pêche, avec ses bras graciles et ses longues jambes, ses cheveux blonds et raides. Martin fut abominablement embarrassé, comme peut l'être un garçon de dix-sept ans, défiguré par un coquard, et qui de surcroît parle tout seul devant une fille.

— Vous savez, poursuivit-elle, il paraît que la viande est plus efficace que la glace.

— Vraiment ?

Elle hocha la tête.

— Merci pour le tuyau.

Avec précaution, il se leva le plus dignement possible, feignant de ne pas souffrir et d'être en mesure de retraverser la pelouse sans difficulté. Elle ne fut pas dupe.

— Vous ne voudriez pas essayer ? J'habite tout près ; je vous donnerai un steak.

---

1. « Les Trésors de la sculpture européenne » *(N.d.T.)*.

Il la dévisagea.

— Vous ne me connaissez même pas.

— Non, c'est vrai.

— Et vous m'invitez chez vous ? Pourquoi ? ajouta-t-il, comme elle opinait à nouveau.

— Parce que vous êtes blessé.

La fille était gentille, mais aussi enjouée, un brin provocante. Ces qualités réunies éveillèrent la curiosité de Martin et, ce dont il fut le premier surpris, il la suivit jusque chez elle. La maison était toute petite et entourée d'habitations identiques. Où dormait la famille ? se demanda-t-il quand il découvrit les pièces exiguës, encombrées de meubles.

La cuisine, minuscule, était impeccablement entretenue. La fille lui donna une tranche de viande crue, de qualité inférieure, encore enveloppée dans du papier d'emballage. Elle le fit asseoir à la table, et il appliqua docilement le steak sur son œil. L'odeur du sang lui assaillit les narines, l'écœura.

— Je me suis battu, expliqua-t-il, bien qu'elle n'eût posé aucune question. En réalité, on m'est tombé dessus. Je ne me rappelle même plus pourquoi ça a commencé.

— Moi, je le sais. Parce que vous êtes ce que vous êtes.

— Ah ? Et qu'est-ce que je suis ?

— J'ignore votre nom, répondit-elle posément. Mais je vous ai déjà aperçu en ville. Dans votre limousine gris métallisé. Avec vos parents. Voilà la cause de ce qui vous est arrivé aujourd'hui. Les gens sont jaloux.

— Sans doute.

— Ce n'est pas la première fois que cela se produit, n'est-ce pas ?

— En effet.

— Alors pourquoi continuez-vous à venir par ici ? À fréquenter le même café, à vous exhiber ?

Il demeura un instant silencieux, pensif.

— Parce que je suis ce que je suis, justement.

Elle parut étonnée, mais il ne développa pas son argument. Comment lui faire comprendre que, s'il venait sans cesse dans le centre-ville, s'il se bagarrait souvent, pour rien, c'était précisément parce qu'il refusait de rester cloîtré là-haut, dans le quartier de la Colline ?

Vivre là-bas, grandir dans une demeure à colonnades un peu ridicule avec ses faux airs de plantation d'avant la guerre de Sécession ne lui avait jamais plu. Les sols de marbre jaspé étaient trop glissants pour qu'on pût y marcher à son aise ; quand il était petit et s'amusait à y faire des glissades, sa gouvernante ou l'une des domestiques l'obligeaient invariablement à s'arrêter. Le personnel de maison n'était jamais le même, les employés rendaient très vite leur tablier, à cause de l'humeur imprévisible du père de Martin. Ash Rayfiel était un patron autoritaire, très exigeant, qui avait hérité de l'affaire familiale : une fabrique de chapeaux pour dames.

En conséquence, la mère de Martin, Lucinda, semblait posséder plus de couvre-chefs qu'aucune femme au monde. Le dressing où elle les rangeait avait dû être agrandi, on l'appelait « la pièce aux chapeaux ». Elle en avait de tarabiscotés, hauts et duveteux, qui évoquaient des meringues, d'autres plats, en velours noir, conçus, semblait-il, pour des funérailles nationales. Elle avait un bibi aubergine parsemé de délicates perles de culture, une capeline jaune de la même couleur que les boutons-d'or plantés en grappes sous la fenêtre de Martin, et qui attirait, comme les fleurs, tous les insectes butineurs des environs. Lucinda Rayfiel était une femme ostensiblement malheureuse, qui se souciait surtout de ses chapeaux et de son apparence en général, afin d'oublier ses malheurs.

Le country club de Longwood, situé sur un terrain vallonné fermé au vulgum pecus par des grilles, constituait le pivot de la vie sociale des Rayfiel ; tous les résidents de la Colline en étaient membres. Le samedi matin, au volant de la limousine familiale, Henry descendait la côte et traversait la ville pour rallier le club, où le père de Martin faisait ses dix-huit trous en vociférant des insanités chaque fois que sa balle atterrissait dans un rough, tandis que la mère buvait cocktail sur cocktail, laissant la journée s'écouler dans les brumes de l'alcool, et que Martin était livré à lui-même.

Il détestait le club. Les autres enfants qui venaient là lui paraissaient snobs, désagréables ou, pire, idiots. Ils étaient des copies en miniature de leurs parents, Martin s'en rendait compte, et l'idée de devenir lui aussi une copie conforme de ses géniteurs le glaçait. Son père était un homme séduisant mais abrupt, dénué de toute subtilité, avec toujours la rage au cœur. Sa mère, malgré son élégance et sa blondeur, avait des traits mous qui gâtaient sa beauté. On aurait pu la prendre pour la sœur aînée de Rita Hayworth, une sœur en proie à quelque nébuleux désespoir — à supposer que l'actrice en ait une.

Martin ne ressemblait à ses parents que vaguement, de loin. Il était plus enclin qu'eux à l'introspection, plus rêveur. Il avait les cheveux noirs et raides, des yeux gris dont l'iris veiné rappelait le marbre jaspé de la grande demeure familiale. Son corps possédait une légèreté, une souplesse qui lui permettait d'escalader n'importe quel obstacle et de courir plus vite que quiconque. Il avait d'ailleurs le sentiment d'être constamment en train de courir, de fuir d'un endroit à l'autre.

Il pensa soudain, assis face à la fille, qu'il ne voulait pas s'enfuir de cette maison. Bizarrement, il se serait bien vu rester là tout l'après-midi, accoudé sur la petite table bancale. Son œil le faisait déjà moins souffrir, aussi retira-t-il le steak pour le replacer sur le papier d'emballage humide.

Tout à coup, la porte s'ouvrit, un homme apparut. Le père de la fille, séduisant lui aussi malgré son évidente lassitude, son T-shirt trempé de sueur aux aisselles. Une odeur forte émanait de sa personne. À la transpiration se mêlait cette senteur de terre mouillée que Martin avait perçue en traversant le jardin public : terre, chaux, et quelque chose de plus âcre. Peinture et térébenthine, décréta-t-il.

L'homme regarda Martin avec une expression indéchiffrable, puis le salua d'une lente inclination de la tête.

— Claire, tu me donnes une bière, s'il te plaît ? Et tu pourrais peut-être préparer mon dîner. Ta mère dit qu'elle a fait des folies, qu'elle m'a acheté un bon steak.

Ainsi elle s'appelait Claire. Un nom simple, limpide, qui lui allait bien. Martin et elle échangèrent un regard coupable. La viande qu'il avait appliquée sur son hématome serait maintenant cuite et mangée — une perspective plutôt dégoûtante, mais drôle, un secret qu'ils partageaient.

— Je suis Martin Rayfiel, dit-il au père de Claire.

— Le fils d'Ash Rayfiel ? demanda celui-ci. J'ai travaillé pour lui, ajouta-t-il d'un ton neutre, comme le jeune homme acquiesçait.

Martin savait ce qu'il pensait. Tout le monde

avait la même opinion d'Ash Rayfiel : on le jugeait odieux, impitoyable envers les ouvriers et les ouvrières de la fabrique. Il y avait eu des protestations, des menaces de représailles, mais Rayfiel était trop puissant, on n'avait pas osé passer à l'action.

Embarrassé, Martin changea de sujet.

— Votre fille m'a secouru, aujourd'hui.

— Ça ne m'étonne pas, elle est très serviable.

Sur ces mots, le père de Claire saisit la bouteille de bière rousse par le goulot et l'emporta hors de la cuisine. Dans un instant, il dormirait à poings fermés quelque part dans la maison.

— Il vaudrait mieux que je parte.

— Oui, répondit-elle, ce serait préférable.

Il ne bougea pas, cependant. Ils se sourirent, car ni l'un ni l'autre ne désirait qu'il s'en aille et ils en étaient tous deux conscients. Cette fille aux cheveux blonds, assise en face de lui, et qui le regardait d'un air narquois, le troublait. Elle s'amusait de lui, et cet étrange petit jeu excitait Martin.

Ce qu'il ressentait lui rappela une aventure vécue deux ans auparavant. À l'époque, ses parents avaient engagé comme cuisinière une certaine Nicole Clément. Elle était originaire de Lourmarin, une petite ville du sud de la France. Elle n'était pas belle au sens strict du terme, avec ses hanches un peu trop rondes, ses cheveux noirs toujours décoiffés, mais elle était attentionnée et bienveillante. Il lui tenait souvent compagnie dans la cuisine, pendant qu'elle touillait une sauce sur le feu ou coupait des carottes en julienne d'une main aussi preste que celle d'un croupier de casino. Elle lui avait transmis tout son savoir culinaire et, quand les parents étaient absents, il s'attardait dans la cuisine saturée de fumets alléchants, de bruits, et des vapeurs odorantes qui s'échappaient des marmites dès que l'on soulevait un couvercle. Nicole lui avait appris à pétrir vigoureusement la pâte à pain pour en retirer les bulles d'air, à cuire un œuf au plat dans les règles de l'art. Martin devint bientôt un vrai cordon-bleu, sachant aussi bien cuisiner des plats français que des plats américains. Sa mère jugeait ce talent « charmant » ; son père, en revanche, estimait qu'il se livrait à une activité de « bonne femme » : ce n'était certainement pas ainsi qu'il se forgerait une place dans la société.

Un jour, alors que Martin avait quinze ans et Nicole vingt-six, il se tenait à ses côtés et l'aidait à couper des pommes de terre en fines rondelles. Brusquement, il se tourna vers elle, vit la farine, pareille à des flocons de neige, qui pailletait ses cheveux, les rondelles de pommes de terre qui volaient sous ses doigts agiles. Avant même de comprendre ce qu'il faisait, il lui planta un baiser sur la bouche. Elle écarquilla les yeux, mais posa aussitôt son couteau et l'embrassa avec passion. Ils allèrent se réfugier dans la souillarde, s'étendirent sur le sol du réduit et, au milieu des boîtes de sauce tomate, des pots de confiture, des tresses d'ail pendues au plafond, ils se déshabillèrent mutuellement en silence.

Quand ils ressortirent un moment plus tard — Martin n'aurait su dire combien de temps s'était écoulé —, il rajusta sa chemise froissée, rejeta en arrière la mèche qui lui tombait sur le front et reprit son souffle. Il lui semblait avoir eu la révélation qu'il ne deviendrait jamais un fabricant de chapeaux comme son père, qu'il ne mènerait pas une existence faite de samedis au country club, d'argent et d'incurable désespoir. Il se retourna vers Nicole qui renouait en hâte son tablier, s'approcha car elle avait l'air effrayée par ce qui venait de se produire.

— Tu n'as pas à t'inquiéter.

— Merci, Martin, dit-elle en prononçant son prénom à la française, comme à son habitude. Tu es très gentil, tu sais. Une sacrée « bonne affaire ».

Un mois après, elle partait. Nicole quitta son emploi en assurant que cela n'avait aucun rapport avec Martin, qu'elle avait simplement la nostalgie de Lourmarin, de sa famille. Devait-il ou non la croire ? Il n'en était pas très sûr. Elle pleura lors de son départ, lui promit d'écrire, ce qu'elle fit de temps à autre. La nouvelle cuisinière était une femme robuste, autoritaire, une Suissesse qui beuglait des chansons de marche et agrémentait de fromage râpé tous les plats qu'elle servait. Martin apprit d'elle quelques astuces culinaires, mais jamais ils ne furent amis.

Après son aventure dans la souillarde, il se montra plus posé, moins impulsif. Et voilà que les sensations qui l'avaient submergé ce jour-là, il les retrouvait à présent, dans cette autre cuisine, de l'autre côté de la ville. Soudain il rêvait de s'étendre par terre dans cette pièce exiguë aux bonnes odeurs appétissantes, près de cette fille moqueuse prénommée Claire. Sa vie pourrait se modeler autour d'elle ; il voulait qu'il en soit ainsi, quoiqu'il n'imaginât pas comment y parvenir.

Il n'était pas nécessaire, songea-t-il, que les gens soient absolument identiques pour que passe entre eux un fort courant émotionnel. Ses parents n'aimaient fréquenter que leurs semblables ; une fois, il avait entendu sa mère parler à l'une de ses amies du club d'une femme qui, disait-elle d'un air entendu, n'était pas « des nôtres ». Ce qui signifiait que cette dame n'avait pas de fortune et, par conséquent, était indigne d'appartenir à l'ultra-chic country club de Longwood Falls.

Martin avait envie de rester toujours auprès de cette fille, Claire, qui manifestement n'était pas « des nôtres ». Il appréciait qu'elle fût différente, qu'elle ne connût pas les mêmes choses que lui. Et pourtant, bizarrement, ils se ressemblaient. Il était temps pour lui de s'en aller, mais il ne s'y résolvait pas. Pour une raison mystérieuse, il traînait, s'attardait, s'incrustait dans sa maison. Au lieu de prendre congé, il lui dit :

— M'autorisez-vous à cuire le steak de votre père ?

Elle ouvrit des yeux ronds.

— Vous savez faire la cuisine ? demanda-t-elle, sceptique. Non, je n'y crois pas.

— Vous avez tort.

— Vous plaisantez, n'est-ce pas ?

Il secoua la tête. Haussant les épaules, elle désigna les lieux d'un geste circulaire :

— Eh bien d'accord, vous êtes chez vous.

Il prit possession de l'espace, hacha des gousses d'ail, détailla le beurre en cubes sur une planche à découper de la taille de sa main. Quand il demanda à Claire si elle n'avait pas des épices, elle répondit que quelques herbes aromatiques poussaient dans un coin du jardinet, derrière la maison. Elle sortit en chercher, les lui rapporta. Il cisela une feuille de ciboule, du thym qu'il mélangea au beurre pour y faire revenir la viande (rincée avec soin, car elle avait quand même servi de compresse). Lorsque le steak fut fin prêt, Claire le considéra avec stupéfaction. Non seulement il était visiblement succulent, mais disposé avec art sur l'assiette. Elle le servit sans commentaire à son père qui le dévora avec entrain et déclara ensuite qu'elle ne lui avait jamais rien préparé d'aussi bon.

Plus tard, alors qu'une appétissante odeur flottait encore dans la cuisine et que la journée s'achevait, Claire dit à Martin qu'il devait s'éclipser.

— Cette fois, je suis sérieuse. Ma mère reviendra bientôt du magasin de la fabrique avec Margaret, ma sœur aînée. Contrairement à mon père, elles poseront des milliers de questions.

— Cela ne me dérangerait pas, murmura-t-il. Je leur avouerai tout volontiers. Ma pointure : je chausse du 43. Mon quotient intellectuel : plutôt élevé. Mon…

— Partez, ordonna-t-elle fermement en ouvrant la porte de la cuisine.

— Claire, dit-il tout à trac. Retrouvez-moi demain au belvédère.

Le sourire de la jeune fille s'effaça.

— Non… C'est inutile. Nous sommes complètement différents.

— Et alors ? S'il vous plaît. Venez juste me retrouver là-bas.

Elle contempla ses mains, entrelaça ses doigts. Elle réfléchissait.

— Pas demain. La semaine prochaine, même jour, même heure.

— Entendu, à la semaine prochaine.

Ils demeurèrent là, silencieux, sur le pas de la porte entrebâillée, dissimulée par un rideau. Il ne voulait pas gâcher cet après-midi. C'était comme pour une sauce, pensa-t-il ; si on la remuait trop longtemps, on en altérait la consistance. Aussi, sans un mot, sans un regard en arrière, il s'éloigna. La semaine prochaine, se répétait-il en longeant l'allée menant à l'impasse qui s'appelait — il le lut sur le panneau — Badger Street. Inconsciemment, il accéléra l'allure, se mit quasiment à courir. La semaine prochaine. *La semaine prochaine.*

Le chauffeur des Rayfiel, Henry, attendait près du bar. L'air inquiet, il tirait sur sa cigarette.

— Ça va ? demanda-t-il quand Martin monta à côté de lui dans la limousine. (Ce n'était pas la première fois qu'il voyait le jeune homme avec un coquard.)

— Oui, répondit Martin en effleurant son œil fermé, aussi gros qu'une prune.

Il renversa la tête contre le dossier de cuir brun, tandis que la Bentley entamait son ascension de la colline.

Durant la semaine, Martin fut tellement distrait qu'il loupa son examen blanc d'anglais et, en classe de chimie, commit une grave erreur qui faillit se solder par une explosion. Le principal, M. Croft, le convoqua dans son bureau pour un « entretien ». Croft était un brave homme, proche de la retraite, et Martin ne voulait pas le décevoir.

— Je sais que vous allez entrer à Princeton cet automne, lui dit le principal qui le détaillait d'un œil sévère, néanmoins il est capital que vos notes restent au niveau où elles ont toujours été.

Depuis sa rencontre avec Claire, Martin avait oublié qu'il partirait pour l'université en septembre. Il avait été admis au collège où son père et son grand-père avaient poursuivi leurs études. Dès la naissance de Martin, on avait prévu qu'il irait à Princeton, qu'il appartiendrait au club très fermé dont les mâles de la famille Rayfiel avaient toujours été membres, et qu'il ferait tout ce qu'ils avaient fait : jouer au football, bûcher les sciences économiques, fréquenter une certaine catégorie de filles très riches, très ennuyeuses, aux dents de lapin et au rire hystérique.

— Je suis désolé, monsieur Croft, dit-il au principal. Vous avez raison, je suis dans la lune ces temps-ci. Je m'efforcerai d'être plus attentif.

Mais, à présent, il était angoissé à l'idée de partir pour l'université à l'automne et de quitter Claire, sans avoir réussi à la connaître vraiment.

Lorsque arriva le vendredi, Martin ne demanda pas à Henry de le conduire en ville. Après les cours, il troqua son uniforme contre un pantalon et une chemise sport, puis il descendit seul la colline, à pied, sans prévenir personne. D'un pas léger, il traversa le jardin public, redoutant qu'elle ne soit pas là, qu'elle ait oublié leur rendez-vous. Ou pire, qu'elle n'ait pas oublié, mais changé d'avis et décidé de ne pas venir. Il avançait, le regard rivé au sol, puis il se résolut à lever les yeux.

Il vit la gloriette, le petit pavillon octogonal d'une grâce aérienne. Et sur le banc, il la vit qui attendait.

3

LE riche garçon à l'œil au beurre noir entra dans la vie de Claire Swift par surprise. Elle n'avait jamais pensé tomber amoureuse alors qu'elle vivait encore chez ses parents. Cela lui arriverait, imaginait-elle, dans le futur, quand elle serait loin de cette maison étriquée, étouffante, de ce manque total d'intimité qui avait tant marqué son enfance. Pourtant Claire s'était éprise de Martin à l'instant où elle l'avait invité chez elle pour lui appliquer un steak sur son coquard. Mais elle ne se l'était pas avoué tout de suite, convaincue qu'elle avait seulement cherché à se montrer « serviable » — car ses parents l'avaient élevée ainsi — et qu'elle se serait comportée de la même façon avec n'importe qui.

Néanmoins, l'idée de le voir une deuxième fois l'avait rendue nerveuse au point d'en avoir l'estomac noué, une expression bien faible pour décrire ce qu'elle ressentait. Ils restèrent un moment dans la gloriette, puis parcoururent près d'un kilomètre pour atteindre une prairie où ils s'assirent à nouveau. Il voulait tout savoir d'elle, aussi lui parla-t-elle de sa famille ; elle raconta qu'à huit ans, elle avait failli mourir d'une méningite cérébro-spinale, qu'elle rêvait de devenir sculpteur : elle suivait des cours d'arts plastiques au lycée et remportait toujours le concours annuel. À son tour, il évoqua sa propre famille, son désir d'être chef cuisinier ; il lui avoua qu'il n'était pas très heureux d'aller à Princeton en septembre, pour étudier l'économie, qu'il aurait de beaucoup préféré s'inscrire dans une école hôtelière. Ils échangèrent une foule d'informations, se bombardèrent mutuellement de questions, comme pour rattraper le temps perdu.

Ils convinrent de se retrouver le lendemain après-midi, cette fois au bord d'un étang voisin, pour nager, bien qu'on ne fût pas encore tout à fait à la saison des baignades. Quand elle arriva le lendemain à quinze heures trente, il était déjà là, torse nu, sur une pierre lisse. Elle observa en catimini ses longs bras, sa poitrine, le duvet noir qui formait un triangle entre ses seins. Bientôt ils furent ensemble dans l'eau froide, effleurant le fond vaseux de l'étang du bout de leurs orteils. La chair de poule hérissait leur peau, leurs genoux s'entrechoquaient.

Pendant cinq bonnes minutes, ils restèrent là à patauger et frissonner, puis Martin s'approcha, franchit le cercle invisible que chacun de nous trace autour de soi. Elle n'ébaucha pas un geste pour le repousser.

— Hello, murmura-t-il.

— Hello…

Il allait l'embrasser, elle le savait et fut surprise de sentir à nouveau son estomac se contracter. Elle n'aurait pu expliquer pourquoi elle éprouvait cette appréhension — c'était dans sa nature, voilà tout. Sa mère avait été surprotectrice, elle redoutait toujours que Claire ne s'enrhume si elle sortait sans bonnet, la mettait sans cesse en garde contre les hommes. « Ne les crois pas, lui répétait-elle. Tu es jolie, ils t'abreuveront de beaux discours pour t'amener à faire des choses que tu regretteras ensuite. »

En cet instant, elle croyait entendre les sermons maternels, malgré ses efforts pour ne pas y penser. Pourquoi aurait-elle confiance en Martin ? Il n'y avait aucune raison. On disait en ville qu'Ash Rayfiel était un homme d'affaires dénué de scrupules — de fait, une fois, il avait escroqué le père de Claire, une sombre histoire de facture pour une clôture de jardin.

Mais, dans les eaux froides et immobiles de l'étang, la sagesse n'avait pas de place. Martin posa une main mouillée sur l'épaule de Claire et l'attira contre lui. Elle rougit jusqu'à la racine des cheveux.

Elle aussi brûlait de l'embrasser, cependant elle n'avait que dix-sept ans et ce désir impérieux l'effrayait. Au lycée, les garçons lui couraient après sans vergogne, ils voulaient tous sortir avec elle et la hélaient à grands cris quand elle passait près du stade où ils jouaient au ballon. Elle était allée au cinéma avec plusieurs d'entre eux, notamment Roy Crenshaw qui l'avait bécotée dans la pénombre du balcon, pendant les actualités. Roy était un superbe basketteur de l'équipe de Longwood Falls, aux cheveux blonds bouclés, à l'air indolent. Son baiser ne lui avait pas inspiré d'émoi particulier, hormis la crainte que les autres spectateurs ne les observent et un vague écœurement car les lèvres de Roy, qui s'était gavé de pop-corn, avaient un goût de beurre.

Mais quand Martin l'embrassa, debout dans l'étang, un flot de sensations inconnues la submergea. Il effleura la bouche de Claire, puis recula légèrement pour mieux l'enlacer. Roy Crenshaw s'était vidé sur la tête un flacon de lotion capillaire qui empestait le pin ; Martin, lui, ne se parfumait pas. Il avait l'odeur d'un beau garçon dans le soleil printanier : l'odeur suave de la fin de l'enfance, à laquelle se mêlait une note plus capiteuse, plus adulte. C'était doux et amer à la fois, songea-t-elle, en proie au vertige.

Ainsi, voilà de quoi l'on parlait dans tous ces films désespérément romantiques qu'elle avait vus au cinéma avec sa sœur, c'était donc cela que les héros de ces films prétendaient éprouver l'un pour l'autre. Quelle chance d'avoir trouvé Martin, de découvrir avec lui ces sentiments-là. Quelque chose, qui y dormait depuis toujours, s'éveillait au tréfonds de son être. Et cette chose lui soufflait : *c'est le moment, c'est l'heure.*

Martin et Claire prirent vite l'habitude de se rencontrer au moins trois fois par semaine, voire quatre. Sinon, un sentiment paniquant de manque, d'abandon tenaillait Claire. Même quand elle le voyait, elle était un peu perturbée. Je deviens folle, se dit-elle un après-midi, pendant le cours de couture, tout en cousant de travers une poche sur le tablier qu'elle devait confectionner et qui, du coup, fut loupé.

Puis, ce fut pour tous les deux la fin des années de lycée, et l'été commença. Claire faisait la grasse matinée. Parfois, elle dormait jusqu'à une heure, blottie dans son lit, et rêvait de Martin, jusqu'à ce que sa mère entre dans la chambre pour lui demander si elle n'était pas malade.

— Mais non, je vais bien, protestait Claire, ce qui n'empêchait pas sa mère de lui tâter le front en la scrutant d'un air intrigué.

— Tu n'as pas de fièvre, en tout cas.

Un jour, alors que la maison était déserte, Claire amena Martin pour lui montrer l'une de ses petites sculptures que ses parents avaient placée sur la cheminée : une fillette assise, un livre dans les mains. Martin l'admira, il comprit tout de suite qu'il s'agissait de Claire enfant, représentée de mémoire. Elle voulait par-dessus tout être sculpteur, mais ses parents n'avaient pas les moyens de l'envoyer aux Beaux-Arts. Elle était très douée, ils en convenaient, cependant même s'ils avaient eu de l'argent, dit-elle à Martin, ils ne lui auraient sans doute pas permis de réaliser son rêve. Les Swift étaient des gens simples, ils tenaient pour acquis que leurs filles travailleraient à Longwood Falls après leur bac : elles aideraient leur père, ou peut-être décrocheraient un emploi de réceptionniste dans un cabinet médical ou dentaire. Après son diplôme, c'était ce qu'avait fait Margaret, la sœur aînée de Claire : elle répondait au téléphone et classait les dossiers pour le Dr Sommers qui vieillissait et avait des absences. Margaret n'aimait pas particulièrement passer ses journées derrière la glace coulissante, à écouter la toux grasse des patients dans la salle d'attente, à remplacer les vieux magazines empilés sur la table basse par des revues plus récentes, et nourrir le poisson léthargique qui tournicotait dans son bocal devant la fenêtre. Oh, Margaret ne se plaignait pas, mais la perspective d'un avenir semblable déprimait Claire, surtout maintenant qu'elle connaissait Martin.

— J'ai une question à te poser, lui dit-il un après-midi, dans la prairie. Si tu avais de l'argent, aucune contrainte, si tu n'avais pas à te soucier de l'opinion d'autrui, que ferais-tu de ta vie ?

— Je voyagerais, répondit-elle sans hésitation. J'irais en Europe, je verrais tous les chefs-d'œuvre qu'ils ont là-bas, j'étudierais la sculpture pour de bon. Mais, ajouta-t-elle après un silence, c'est absurde d'y penser. Je ne possède même pas de passeport. Je ne suis quasiment jamais sortie de Longwood Falls.

— Tu ne trouverais rien en Europe qui te rappelle Longwood Falls, dit Martin qui s'était à plusieurs reprises rendu outre-Atlantique avec ses parents.

— Et toi, que ferais-tu ?

— Je te suivrais, rétorqua-t-il sans hésiter, lui non plus.

Ils se turent. Durant tous les après-midi qu'ils passaient ensemble, jamais ils n'évoquaient l'inévitable qui, néanmoins, les attendait au tournant, que cela leur plaise ou non. En septembre, Martin serait à Princeton. Claire demeurerait chez ses parents, elle chercherait un travail, continuerait à mener une existence terne et monotone, sans espoir de changement. La vie de Martin, au contraire, évoluerait ; il serait accaparé par les études, les examens, le football et les riches héritières. Le week-end, il danserait avec ces créatures élancées, au cou blanc ceint d'un rang de perles fines. Claire se demandait ce qui était le pire — l'idée de le partager avec ces filles, ou avec quelqu'un d'autre, qui que ce soit.

Ils ne parlaient guère de leur prochaine séparation, à l'automne, ils la traitaient par le mépris comme si, ce faisant, ils pouvaient l'empêcher de se produire. Martin n'avait pas envie d'entrer à Princeton, il désirait partir ailleurs pour apprendre l'art culinaire et emmener Claire avec lui. Elle aussi regrettait de devoir obéir à ses parents. Sa mère surtout était toujours inquiète, aux aguets, elle paraissait convaincue qu'un malheur adviendrait fatalement à sa benjamine.

Le père de Claire était moins anxieux. Son travail, très prenant et pénible, l'absorbait. Lucas Swift était employé, entre autres, par la municipalité pour entretenir les jardins publics, tailler les arbres, planter des fleurs, réparer les trottoirs, les clôtures et la gloriette du square. Il avait récemment embauché un cousin pour l'aider, à présent les deux hommes appelaient leur affaire « Swift Entretien », nom qu'ils avaient inscrit sur le flanc d'un camion. Leurs tâches ne cessaient de s'accroître, et quand le père de Claire rentrait le soir à la maison, il était en nage, avec l'état d'esprit d'un chien fourbu qui n'a plus qu'un but : se rouler en boule et dormir. Les Swift se démenaient pour gagner leur pain, toutefois ils n'étaient pas misérables. De temps à autre, il y avait de la viande dans le réfrigérateur, et même s'ils ne s'amusaient pas beaucoup, du moins suivaient-ils leur bonhomme de chemin. Ils n'étaient pas l'une de ces familles heureuses que décrivait Tolstoï, mais ils se débrouillaient.

En fait, Claire avait toujours considéré le bonheur comme un concept douteux. Depuis son plus jeune âge, elle avait tendance à la mélancolie, pourtant quand elle était avec Martin elle comprenait que le bonheur n'était pas illusoire, mais seulement insaisissable. Elle avait cependant réussi à le capturer, il était là devant elle, sous la forme d'un garçon aux cheveux noirs, aux mains expressives, à l'œil tuméfié qui recouvrait peu à peu son aspect normal.

Ils continuaient à se raconter leurs vies, y compris leurs histoires les plus secrètes ; Martin lui relata, par exemple, le moment passé dans la souillarde avec Nicole Clément, la cuisinière. En revanche, ils ne disaient rien de leurs sentiments à leurs amis, Claire ne se confia même pas à sa sœur Margaret.

Hélas, dans une petite ville comme Longwood Falls, il était inévitable que les gens découvrent les liens qui les unissaient. Ils s'étaient vus souvent, et un jour la rumeur se mit à circuler, créant des remous parmi la classe sociale à laquelle appartenaient les Swift ainsi que, sur les hauteurs, dans le quartier de la Colline.

— Qu'est-ce qu'il y a entre votre fille et ce jeune millionnaire ? demanda carrément la caissière du supermarché à la mère de Claire, Maureen Swift, alors que cette dernière payait ses emplettes. Ça ne vous attirera que des ennuis, si vous voulez mon avis. Le père est une brute, et la mère une alcoolique. Tout le monde sait qu'il n'y a pas plus collet monté que ces gens-là dans tout le pays.

Maureen, qui n'était pas au courant, dissimula sa surprise.

— Oh, ce ne sont que des racontars, murmura-t-elle d'un ton apaisant.

Elle rangea ses provisions dans les sacs en papier, prit sa monnaie, mais le soir dans la cuisine, tandis qu'elle lavait une montagne de vaisselle avec sa fille, elle l'interrogea. Claire se mordit les lèvres, nia avec véhémence, avant de craquer et d'avouer. Quand on avait toujours dit la vérité à une mère qui vous tenait sous sa coupe, on ne changeait pas du jour au lendemain.

— Je l'aime, tu comprends ? bredouilla-t-elle.

— Eh bien, il te faudra apprendre à ne plus l'aimer, Claire. Il y aurait trop de problèmes, ce ne serait qu'une source d'embarras. Personne n'approuverait et toi, tu ne récolterais que du chagrin.

Claire, furieuse, essuya une assiette avec son torchon à carreaux.

— L'amour ne fonctionne pas de cette manière !

— Oh, je sais comment ça fonctionne, rétorqua placidement Maureen. Les jeunes pensent être les premiers à découvrir l'amour, mais crois-moi, il existait avant toi et il existera encore longtemps après que tu auras quitté cette terre.

Elle s'interrompit.

— Seulement, quand il éclôt entre deux personnes qui n'ont rien en commun, il ne sert qu'à leur empoisonner l'existence, à les rendre malheureux comme des chiens. Tu peux en être sûre.

— Ce n'est pas l'amour le responsable. C'est *vous* !

Sur ces mots, Claire jeta son torchon et se réfugia dans sa chambre.

Le même soir, dans le quartier de la Colline, Martin fut sommé sans ambiguïté de ne plus revoir cette « fille ». Ses parents en avaient entendu parler au country club par une veuve, riche et vulgaire, nommée Velma Cornby. Celle-ci, selon Martin, se plaisait à fouiner dans les affaires des autres parce qu'elle-même n'avait pas de vie privée.

— Que ce soit bien clair, dit Ash Rayfiel, lorsqu'il convoqua Martin dans son bureau. Ta mère et moi t'interdisons de fréquenter cette petite.

Martin faisait face à son père qui trônait derrière sa table, avec son bloc buvard rouge sang, au milieu des livres qu'Ash Rayfiel n'avait jamais lus. Des quantités de livres uniquement destinés à impressionner les visiteurs.

— Vous m'interdisez de la fréquenter ? répéta Martin. Excusez-moi, mais je pensais que nous avions dépassé l'époque des interdictions. Je pensais avoir l'âge de faire mes propres choix.

Son père le dévisagea sans ciller, puis saisit une

carafe piriforme en cristal taillé et se remplit un verre.

— Assieds-toi, Martin, discutons.

Il servit à son fils un bourbon bien tassé qu'il lui tendit. Martin n'avait encore jamais bu avec son père. Ils prirent place sur le divan de cuir raide.

— Si tu tiens tellement à la fréquenter malgré notre opposition, je suppose que je devrais être soulagé, en un sens.

— Pourquoi ?

— Parce que cela me prouve que tu es normal. Ta mère et moi étions passablement inquiets à ton sujet, à cause de ton penchant ridicule pour la cuisine.

Ash Rayfiel avala une lampée de bourbon.

— Si tu continues à voir cette fille, j'imagine qu'elle a quelque chose de très... doux. Tu m'as saisi. La douceur du miel, c'est tentant, pas vrai ? Elles ont toutes le même goût, riches ou pauvres. Quel mal y a-t-il, du moment que tu ne la mets pas en cloques, quoique dans ce cas nous trouverions sans doute une solution...

Martin reposa son verre et se leva.

— Vous ignorez tout de Claire. D'ailleurs vous ne connaissez rien à rien.

— Oh, j'en sais plus sur ces questions que tu ne l'imagines, rétorqua Ash avec calme. Mais dans l'immédiat tu ne peux pas le comprendre. Un jour, peut-être. Quoi qu'il en soit, voilà la vérité toute crue : si tu la laisses faire, ce qui semble être le cas, cette fille détruira ta vie entière.

— Merci pour le conseil, dit Martin.

Il pivota et s'apprêta à sortir de cette pièce glacée, tapissée de livres que personne n'avait jamais lus.

— J'en conclus que tu vas la plaquer ! lui cria son père, mais Martin ne répondit pas.

Il descendait l'escalier, quand il entendit Ash Rayfiel vociférer :

— Bien, très bien ! Continue sur cette voie !

Claire et Martin furent plus discrets durant le reste de l'été, ils se voyaient moins souvent et dans des lieux où ils étaient quasi certains que personne ne les épierait. Ils ne se rencontraient plus en pleine lumière, au belvédère, dans la prairie ou près de l'étang. Ils se retrouvaient à plusieurs kilomètres de Longwood Falls, dans les bois où ils ne risquaient de croiser que de rares promeneurs et, à l'occasion, un chevreuil frémissant.

Ces bois n'étaient pas entretenus, des nuées de moustiques y bourdonnaient, et les endroits où s'asseoir confortablement n'étaient pas faciles à dénicher. En principe, ils s'installaient dans un nid de feuilles et de brindilles. La pénombre y régnait, car le soleil avait de la peine à se frayer un chemin parmi les branches. Ils avaient l'impression d'être dans une chambre obscure, plutôt sinistre. Parfois, quand elle le lui demandait, Martin posait pour Claire. Il ôtait sa chemise et la regardait travailler la terre rouge qu'elle apportait dans un récipient.

Claire n'était pas heureuse dans les bois, elle ne s'en cachait pas. Que Martin et elle soient forcés de parcourir tous ces kilomètres pour être ensemble, qu'ils ne puissent pas se promener en ville, main dans la main, comme les autres amoureux, la chagrinait. Et tout cela à cause de l'argent. Elle ne convoitait pas la fortune ni le statut social de Martin Rayfiel, ainsi que certaines mauvaises langues le susurraient. Elle ne cherchait pas à se marier « au-dessus de sa condition », à ne plus être la fille d'un homme qui, pour nourrir sa famille, taillait les haies, réparait les trottoirs et repeignait la gloriette, ni à devenir l'épouse oisive, vaniteuse, d'un millionnaire. À Longwood Falls, les esprits mesquins prétendaient que la jeune Claire Swift payait de sa personne pour échapper au milieu où elle était née. Il n'y avait que quand elle était seule avec Martin que ces rumeurs, ces commentaires perfides s'évanouissaient pour n'être plus que des bavardages insignifiants.

Puis l'été toucha à sa fin ; maintenant, quand ils se retrouvaient, un sentiment d'urgence les habitait. Un jour, alors que le mois d'août s'achevait, et qu'ils étaient allongés dans les bois, Martin s'appuya sur un coude et dévisagea Claire en silence.

— Qu'y a-t-il ?

— Tu sais ce que j'aimerais ? Être avec toi pendant toute une journée. Quelque part ailleurs. Quelque part où nous pourrions nous étendre l'un près de l'autre sans que ces maudites pommes de pin s'accrochent à nos vêtements.

— Où ?

— Au Lookout.

Claire se redressa sur son séant.

— Non, pas là-bas.

Le Lookout était un motel à un étage aux abords de la route 9 ; les murs s'écaillaient, la piscine, vidée depuis des années, débordait de détritus et de toiles d'araignée.

— Ce sera bien, dit-il. L'intérieur est sans doute plus agréable. Je veux juste être avec toi. Nous ne ferons rien que tu ne désires pas.

Elle détourna le regard. En vérité, elle aussi avait envie de le voir ailleurs que dans ce bois ténébreux. Elle voulait dormir avec lui. Mais cela allait contre tout ce qu'on lui avait enseigné, tout ce qu'on permettait à une jeune fille de dix-sept ans en 1949. Ses parents — sa mère, surtout — auraient été horrifiés. Maureen Swift aurait sangloté, l'aurait suppliée de renoncer, poursuivie jusqu'à ce motel louche en brandissant un bonnet de laine.

Puis Claire cessa de penser à sa mère. D'une voix mal assurée, sans regarder Martin, elle murmura :

— Je suis d'accord, je ne me sens pas offensée. Je veux aussi être avec toi, tu sais.

— Alors tu comprends ce que j'essaie de te dire.

Elle hocha la tête.

— Tu me stupéfies sans cesse, Claire.

Le samedi suivant, ils se rendirent au motel en stop ; un camion de lait les prit sur le bord de la route. Ils s'installèrent à l'arrière, raides comme des piquets, au milieu des caisses de lait, écoutant les bouteilles s'entrechoquer doucement. Claire portait une robe que sa mère lui avait confectionnée, une robe couleur cacao — d'un brun pâle, poudreux.

Ils avaient décidé de se faire passer pour un couple légitime.

— Des jeunes mariés, avait dit Martin en glissant au doigt de Claire l'un des anneaux en argent, bon marché, qu'elle possédait. Nous sommes… mettons, les Harrison de Saratoga Springs. John et Alice. Nous nous sommes mariés à l'hôtel Adelphi. Une gentille cérémonie, en toute intimité : deux cents invités environ.

— Mais alors, si on nous le demande, comment expliquer ce que nous fabriquons dans cet horrible motel ?

— Eh bien, nous explorons l'État de New

York. Nous nous baladons comme deux amoureux, sans destination précise, avant de retourner à notre vie habituelle, de revenir aux choses sérieuses. Nous nous amusons à descendre dans de petits motels — ceux qui ont des enseignes auxquelles il manque toujours une lettre.

Au Lookout, c'était le premier *o* qui manquait. Claire hocha la tête.

— D'accord, John. Va pour le Lookout.

— Merci, Alice. Tu ne le regretteras pas.

Chacun avait apporté une petite valise, pour faire plus vrai ; les Harrison ne voyageaient certainement pas sans vêtements. Claire, malgré les cahots, tint la sienne sur ses genoux durant le trajet en camion. Elle n'y avait rangé qu'une chemise de nuit en coton à l'ourlet orné de rosettes ; elle ne la porterait pourtant pas, elle le savait.

Le laitier les laissa au bout de l'allée gravillonnée du motel. Quelques voitures y étaient garées, et l'endroit ne paraissait pas particulièrement lugubre, néanmoins Claire avait peur. À la réception, ils inscrivirent leurs faux noms sur le registre ; la vieille dame aux cheveux enserrés dans une résille qui les accueillit ne manifesta pas la moindre suspicion. Elle se fichait de savoir qui logeait ici, du moment que les clients étaient pacifiques, qu'ils ne cassaient pas le mobilier et payaient leur note.

— Ah, s'il vous plaît…, dit Martin. Auriez-vous une chambre avec kitchenette ?

Cette fois, la femme eut l'air étonnée ; probablement n'avait-elle jamais entendu pareille requête.

— Ça vous coûtera soixante-quinze cents de plus.

Martin accepta le supplément. Elle posa une clé sur le comptoir, et ce fut réglé. Muets, Martin et Claire ressortirent puis grimpèrent l'escalier branlant menant à la chambre 26.

La porte était d'un bleu pisseux, avec des coulées de peinture. Claire pensa bêtement que son père aurait pu la repeindre, de la même façon qu'il entretenait la gloriette et les clôtures de la ville. Il flottait dans la pièce, sans doute inoccupée depuis des semaines, des relents de moisi. Le lit était affaissé, mais du moins semblait-il propre.

Claire se demanda comment elle en était arrivée là, faillit tourner les talons et partir sans un mot. Tout cela lui était tellement étranger. Ce fut alors que Martin s'approcha ; elle sentit son odeur douce-amère, l'étreinte de ses bras. Elle se souvint que, lui, elle le connaissait. Dans sa mémoire étaient gravées sa chaleur, sa voix, ses pensées. Lui n'était pas un inconnu. Qu'importait le décor...

Elle se déshabilla sous le regard de Martin.

— Tu es belle.

Il se dévêtit à son tour et, lentement, repoussa la couverture bleue du lit. Ils se glissèrent ensemble sous les draps. Il faisait froid, comme dans l'étang. La chambre était silencieuse, ombreuse, malgré le soleil qui brillait dehors. Claire eut l'impression qu'ils étaient deux nageurs. Il lui baisa le creux de l'épaule, sa bouche erra jusqu'à son sein. Elle inspira bruyamment, se raidit, puis se rappela : *je suis Mme John Harrison, une femme mariée.* Les lèvres de Martin s'attardaient sur son mamelon. Claire s'entendit gémir ; était-ce vraiment elle ?

Leurs vêtements avaient disparu quelque part dans l'obscurité, il n'y avait plus maintenant qu'une peau tiède contre une autre peau tiède, des taches pâles et d'autres plus foncées. Ensuite il y eut la douleur, aiguë, fulgurante, qui obligea Claire à détourner la tête ; mais ce fut bientôt fini, et il ne resta plus que la sensation de flotter dans une eau pure. Martin plongeait son regard dans le sien, ses cheveux noirs balayaient son visage.

— Je t'aime, souffla-t-il.

— Je t'aime aussi.

— Nous nous appartiendrons toujours…

Elle sut que cette phrase ne s'achevait pas là, qu'il voulait dire : nous nous appartiendrons toujours, *même si nous sommes séparés.*

Plus tard, alors qu'ils étaient couchés côte à côte, paisibles, Martin quitta le lit ; nu, il alla chercher son petit sac de voyage.

— Qu'est-ce que tu fais ? lui demanda-t-elle,

car elle avait imaginé qu'ils dormiraient un moment.

Il sortit des affaires de son sac et les emporta dans la kitchenette qui lui avait coûté soixante-quinze cents supplémentaires. Un oignon, deux œufs enveloppés dans un mouchoir pour qu'ils ne risquent pas de se casser, une plaquette de beurre, un bout de fromage fermier, une râpe, une salière et une poivrière en argent, ornées de l'initiale R, un petit poêlon.

Médusée, Claire observa cet homme en tenue d'Adam qui préparait une omelette après l'amour, avec des gestes prompts et précis. Quand l'omelette fut cuite, il la disposa sur un plat et revint au lit. Ils s'assirent pour manger, appuyés l'un contre l'autre, rêvant de pouvoir rester là éternellement, sous la mince couverture bleue, dans un motel minable pourvu d'une enseigne à laquelle manquait un *o*.

En septembre, par un dimanche matin pluvieux, on emmena Martin à Princeton. On avait entassé dans le coffre de la limousine ses valises et sa malle-cabine. Il était assis à l'arrière près de sa mère, affublée d'un chapeau vert semblable à un chou ; sitôt que la Bentley roula sur la route, elle ouvrit le bar minuscule qui contenait une flasque d'alcool et se servit un verre. Ash Rayfiel n'accompagnait pas son fils à l'université, il avait pris pour prétexte des obligations professionnelles prévues de longue date, mais Martin savait que cette absence était due au violent affrontement qui avait eu lieu cet été dans le bureau paternel.

Pendant le trajet, Martin contempla d'un œil morne le paysage qui défilait derrière les vitres, tandis que sa mère fumait et se plaignait du country club de Longwood dont les membres n'étaient plus désormais triés sur le volet. La longue automobile rutilante franchit les grilles en fer forgé de Princeton en début d'après-midi ; les cloches carillonnaient, des jeunes gens et leurs parents visitaient le campus.

Dans le robuste bâtiment de pierre qu'il habiterait, Martin fit la connaissance de son camarade de chambre, un dénommé Everett P. Hudson Jr., à la figure osseuse et boutonneuse, qui venait de Durham en Caroline du Nord. Tous deux déballèrent leurs affaires. La mère de Martin tournailla dans la pièce, en essayant de se rendre utile, puis elle s'en alla : elle avait un dîner dansant, le soir au club. Elle embrassa son fils, effleura à peine sa joue de ses lèvres, et il réalisa que son amour maternel avait toujours été ainsi : bien intentionné certes, mais maladroit, toujours légèrement à côté de la plaque.

Plus tard, quand Everett fut descendu pour participer à la réception destinée aux nouveaux étudiants, après avoir tenté en vain de persuader

Martin de se joindre à la joyeuse assemblée, ce dernier s'assit dans sa nouvelle chambre, sur le matelas rayé. Il contempla les moulures tarabiscotées, les flèches gothiques du campus où régnait une atmosphère empreinte de prestige, où tout semblait possible. Quelque part sur ce campus, en cet instant, Albert Einstein élaborait des équations destinées à révolutionner le monde ou peut-être, plus prosaïquement, chantonnait sous sa douche. Martin plongea une main dans sa poche, pour y prendre ses clés et sa monnaie ; ses doigts frôlèrent un carré de papier. Surpris, il s'en saisit et l'examina.

L'enveloppe était vierge, mais quand Martin l'approcha de son visage, un parfum s'en échappa : Claire, son savon citronné, acidulé. Il déchira vivement l'enveloppe, lut :

> Martin,
>
> Où es-tu à présent ? Dans la voiture avec ta mère ? Dans ta chambre ? Je ne puis croire que tu n'es plus ici avec moi. Je t'aime.
>
> Claire

Cette courte lettre dans les mains, il imagina la jeune fille chez elle, dans sa maison, en train d'écrire. Au cours des semaines, des mois suivants, elle lui enverrait de nombreuses lettres, plus longues, plus détaillées, auxquelles il répondrait par retour du courrier. Martin déployait beaucoup d'efforts pour se concentrer sur ses études ; les cours étaient intéressants, il avait choisi l'histoire européenne, l'introduction à la poésie, la biologie végétale et le latin. Mais les lettres de Claire étaient infiniment plus passionnantes que son travail scolaire. Autour de lui ne résonnaient que des jeunes voix mâles : dans les salles aux hauts plafonds, au club où des garçons stylés et silencieux les servaient et, le soir, quand les étudiants en pyjama se réunissaient dans les chambres pour jouer au poker, fumer des cigares, boire du scotch de la meilleure qualité et raconter des histoires salaces sur les femmes. Martin participait aux parties de cartes, il était apprécié mais on le jugeait mystérieux, ce qui lui convenait parfaitement.

Il revint chez lui pour Noël et les vacances de printemps. Il aurait dû bûcher, pourtant il passait la majeure partie de son temps avec Claire. Ses notes en pâtiraient, il le savait et s'en souciait comme d'une guigne. Claire avait trouvé un emploi de réceptionniste chez un dentiste, le Dr Mantell ; il était gentil avec elle, mais le travail était ennuyeux. Les patients arrivaient avc une rage de dents et repartaient avec la bouche et la langue engourdies par l'anesthésie. Pour Claire, ce n'était pas ça, la vie. Malheureusement, il fallait bien s'y faire.

Lors des vacances de Martin, tous deux retournèrent à plusieurs reprises au motel Lookout.

Parfois, ils passaient un moment au belvédère, se promenaient dans la prairie ou patinaient sur l'étang gelé. Princeton offrait une foule de possibilités, hormis ce que Martin désirait vraiment : être avec Claire et devenir chef cuisinier. Néanmoins il se résignait à rester à l'université, soutenu par la pensée qu'il aurait Claire tout à lui durant l'été. Ce fut ainsi qu'il réussit à endurer ses trois années à Princeton.

La veille des examens finaux, Martin et son camarade de chambre, Everett P. Hudson Jr., étaient en train de s'habiller, quand Everett déclara brusquement, avec son accent traînant :

— Tu n'as jamais été vraiment là, n'est-ce pas ?

— Que veux-tu dire ?

— Tu es ailleurs, il me semble, rétorqua Everett en nouant sa cravate ornée du symbole de Princeton : des petits tigres orange. Dans un endroit certainement plus agréable.

Martin opina. On était le 27 mai 1952, trois ans exactement après sa première rencontre avec Claire dans la gloriette. Ils auraient dû être ensemble aujourd'hui ; chaque année, à cette date, ils se débrouillaient pour se retrouver. Ils devaient être ensemble aujourd'hui et tous les autres jours. Pendant des mois et des mois, il avait travaillé consciencieusement, tout en souffrant de leur séparation, maintenant il était temps de prendre un tournant décisif. Cela ne pouvait pas durer, il ne le supporterait pas.

Dans deux heures, il était censé passer ses premiers examens, remplir les pages des cahiers bleus que l'on remettait à chaque étudiant. Cela ne servirait à rien, puisqu'il ne serait jamais un universitaire, qu'il n'étudierait pas le droit ni la gestion.

— À plus tard, dit-il à son camarade, puis il quitta la chambre et sortit sur le campus.

Il y régnait un calme étrange ; les autres étaient tous en train de potasser. Martin se dirigea vers les terrains de sport, où jadis son père et, avant lui, son grand-père avaient joué au football. Il s'assit sur l'herbe, et soudain aperçut un homme qui marchait, les mains nouées derrière le dos — un vieux monsieur moustachu, en veste bleu marine, aux cheveux blancs ébouriffés. Il paraissait perdu dans ses pensées. *Albert Einstein.*

Martin envisagea un instant de s'approcher du génial physicien, célèbre dans le monde entier, pour lui ouvrir son cœur. Peut-être Einstein saurait-il l'apaiser, peut-être aurait-il pour lui une parole transcendante, philosophique, qui permettrait à Martin de considérer ses problèmes de plus haut. Mais le Pr Einstein s'éloigna, abîmé dans une méditation que Martin ne pouvait même pas concevoir.

Il le suivit des yeux. Puis, d'un bond, il se releva et se mit à courir, fuyant Einstein, l'université. Il traversa les superbes pelouses et fila tout droit vers la ville, vers les guichets de la Western Union où il expédia le télégramme suivant à Claire Swift : JE TE REVIENS POUR DE BON STOP RETROUVE-MOI À LA GLORIETTE À 20 H STOP MARTIN.

Le soir du 27 mai 1952 — une douce soirée sans le moindre souffle de vent, dans l'État de New York —, Martin descendit du train à la gare de Longwood Falls et rejoignit le square, la gloriette, où Claire l'attendait dans une robe jaune sans manches. Il enfouit son visage au creux de son épaule.

— *Pour de bon ?* murmura-t-elle.

Incapable de prononcer un mot, il acquiesça d'un signe de tête.

4

ABBY appuya sur le bouton pause du lecteur de cassettes, arrêtant le récit de Martin Rayfiel au milieu d'une phrase. Elle était là, les pieds sur le bureau, depuis près d'une heure à présent. Elle se sentait vaguement étourdie — par le vin peut-être ou la voix de Martin, qui la berçait.

Elle se redressa dans son fauteuil et se rapprocha de la table pour regarder les photos posées sur les menus objets qui remplissaient la mallette de Martin Rayfiel. Le premier cliché, vieux et fané, en noir et blanc, montrait une jolie fille à l'air timide ; au dos, Abby lut, soigneusement inscrit : « Claire, 12/7/49. » Ensuite elle examina le portrait d'un beau garçon, à l'orée de l'âge adulte. Martin, bien sûr. Il était superbe, tel qu'elle se le représentait jeune. Appuyé contre la portière gris métallisé d'une limousine, les bras croisés, grand, mince, brun, et visiblement malheureux. Pas étonnant : au verso, on avait noté : « Arrivée de Martin à Princeton, 8/9/49. »

Abby poursuivit son inspection, trouva d'autres photos : Martin devant la demeure de ses parents, Claire avec sa sœur Margaret dans leur jardinet. Il n'y en avait aucune, cependant, de Martin et Claire ensemble. Évidemment, pensa Abby. Ils n'avaient personne pour les photographier, personne pour approuver leur relation, personne à qui se confier, pas d'ami proche à qui tendre l'appareil en disant : « Tu nous prends tous les deux ? »

Abby fouilla encore la couche supérieure de documents. Elle découvrit la lettre écrite par Claire lors du départ de Martin pour Princeton. L'écriture était soignée, fine, très féminine. Abby huma le bout de papier ; elle aurait pu jurer que, malgré le temps écoulé, il sentait toujours le savon au citron dont la délicate fragrance imprégnait tout ce que touchait Claire. Elle le poussa à l'écart, avec les photos, puis s'empara de plusieurs factures du Lookout, signées en 1949, 1950, 1951 et 1952 par John et Alice Harrison de Saratoga Springs, dans l'État de New York. Le motel n'existait plus à présent, on l'avait démoli pour construire des appartements.

Dans la mallette, il y avait aussi le télégramme de Martin, daté du 27 mai 1952 ; fragile comme du papier à cigarettes, les bords rongés par l'usure. Juste sous le câble, elle vit deux tickets d'un gris fané — des moitiés de ticket, pour être exact. Des coupons. Les caractères imprimés dessus avaient pâli, et Abby dut se pencher pour les déchiffrer. « Idlewild [1] », lut-elle, ainsi que « Orly » et « 28 mai 1952 ». Ils avaient donc traversé l'Atlantique. Abby réalisa alors combien elle avait espéré qu'ils le fassent. Qu'ils embarquent dans un avion en partance pour l'Europe, enthousiastes, grisés, terrifiés.

Elle se rappelait ce que l'on éprouve lorsque votre vie bascule. Cela lui était arrivé une fois, même si elle n'avait pas quitté le continent américain. Neuf ans plus tôt, lors d'un vernissage dans une galerie new-yorkaise, elle avait aperçu un homme grand, adossé à un mur, tout près d'un horrible tableau représentant un singe hurleur. Il tenait dans sa main un gobelet en plastique plein de ce vin imbuvable que l'on sert lors de pareilles manifestations, et il parlait avec animation à un groupe de personnes. Elle remarqua ses cheveux cuivrés, ses yeux bruns, la façon dont il amusait son auditoire. Soudain il se rendit compte qu'elle l'observait ; peu après il se faufilait dans la foule pour rejoindre Abby. Ils restèrent un instant silencieux, feignant d'admirer les peintures. Puis il demanda :

— Vous aimez les singes hurleurs ?

---

1. Aéroport international de New York, construit en 1948, aujourd'hui aéroport John F. Kennedy *(N.d.T.)*.

C'était un marchand d'art de Los Angeles. Elle, à l'époque, était une rédactrice adjointe en pleine ascension. Elle avait pensé : voilà, c'est lui. Et Sam Bachman était bien celui qu'elle attendait, du moins il le fut pendant un certain temps. La notion d'« amour » n'avait éveillé chez eux aucune résistance. Cela s'était imposé très vite, sans difficulté. Ils se disaient « Je t'aime » plusieurs fois par jour, au téléphone, se le répétaient le soir, s'ils étaient dans la même ville. Lorsqu'ils étaient séparés, ils l'écrivaient sur des bouts de papier disséminés un peu partout : dans la coupe de bonbons, le porte-savon, le porte-monnaie d'Abby. Quand elle songeait à ces deux années, qu'elle essayait d'analyser ce qui avait mal tourné — pourquoi elle avait cru à tout cela —, elle se demandait comment elle aurait pu, devant tant de preuves d'attachement, ne pas y croire.

Pourtant, au final, l'histoire se résumait à ces bouts de papier qui auraient été des preuves convaincantes s'il s'était agi de prouver quelque chose. Durant un moment d'égarement, sur le canapé du salon de son petit appartement, au quatorzième étage d'un immeuble anonyme, dans la partie ouest d'une ville inquiète, elle avait envisagé de montrer à Sam tous ses billets doux — de se précipiter dans la chambre pour y prendre la boîte à chaussures remplie de ses déclarations d'amour qu'elle avait pieusement conservées, de les lui brandir sous le nez. Tu vois, tu vois ? Comme si cette accumulation de mots tendres pouvait le faire changer d'avis, lui donner le désir de rester avec Abby et d'élever le bébé qu'elle mettrait au monde dans huit mois.

Au lieu de quoi elle était demeurée muette, pétrifiée, elle l'avait écouté.

— Si tu choisis de le garder, c'est terminé entre nous. Je suis désolé, mais je ne te reverrai plus.

Ce soir-là, Sam était un inconnu, assis, raide comme la justice, sur le divan ; évanoui dans l'espace, en une seconde vertigineuse, l'homme grand adossé au mur d'une galerie d'art et qui faisait rire tout le monde ; à sa place se tenait un individu froid et inflexible.

— Je ne suis pas prêt à assumer le rôle de père. Si toi, tu te sens prête à être mère, tant mieux. C'est ton choix. Mais je ne veux avoir aucune relation avec l'enfant.

L'enfant. Sam arrachait déjà le bébé en devenir à son joli berceau pour le propulser dans les eaux moins innocentes de l'enfance ; alors l'envie de se battre quitta Abby. *Tu vois, tu vois ?* Le répéterait-elle à l'infini, que la réponse de Sam ne varierait pas : *non*.

Il se leva en disant : « Réfléchis », puis il s'en alla. Abby resta clouée sur le canapé, incapable de bouger, de téléphoner à quelqu'un, de pleurer. Elle n'avait pas programmé cette grossesse, elle n'était enceinte que d'un mois, cependant elle se sentait déjà changée. Réfléchis, avait dit Sam, et elle le fit. Elle aurait ce bébé, cet enfant qui deviendrait Miranda Rose Reston. Mais Sam était perdu pour elle à jamais, une réalité que, plus de six ans après, elle ne comprenait toujours pas. Elle l'avait aimé, elle s'était laissé envahir par lui, consumer, ensuite de quoi il était parti. Comme ça, l'espace d'un soir.

Abby contempla le jeune Martin, si triste lors de son premier jour d'université parce que Claire lui manquait, et elle le compara à l'homme qui s'était introduit dans son bureau la veille. Une seule et même personne. Comment était-ce possible ? Elle songea aussi à son propre père, du temps de sa jeunesse — un être secret et distant, en chemise de flanelle ; parti pour l'au-delà, à présent. Puis elle examina la photo de Claire, prise durant ce lointain été, plongea son regard dans celui d'une jeune fille devenue femme il y avait longtemps déjà et qui, probablement, comme Martin Rayfiel, allait aujourd'hui sur ses vieux jours…

Mais qui était toujours amoureuse. Voilà où résidait la différence entre l'histoire d'amour qu'elle découvrait depuis le début de la soirée, et ce qu'Abby avait pu connaître dans sa vie : elle savait comment cela se terminerait. Elle considérait les visages du garçon et de la fille, sur les clichés, et y voyait ce qu'elle n'aurait pu discerner dans les yeux d'un homme grand, un soir de vernissage à New York : dans cinquante ans, nous serons encore épris l'un de l'autre.

Elle décrocha son téléphone.

— Madame Frayne ? Écoutez, je suis retenue au bureau…

— Ne m'en dites pas plus, répondit la gouvernante. Je vais m'installer dans la chambre d'amis.

— Cela ne vous dérange pas ?

— Vous travaillerez toute la nuit ?

Abby considéra la pile de cassettes, les photos encore entassées dans la mallette.

— C'est possible.

Quand elle eut raccroché, Abby remit le lecteur en marche et, tout en écoutant la voix de Martin, joua avec les photographies de lui et de Claire, les rapprochant jusqu'à ce qu'elles se touchent.

Ils ne s'enfuyaient pas, ce n'était pas le terme exact. Ils agissaient de façon bien plus audacieuse, du moins pour Longwood Falls en 1952 : ils allaient parcourir l'Europe ensemble. Un homme et une femme libres qui n'étaient plus M. et Mme Harrison, mais pas encore M. et Mme Rayfiel.

Leur plan, quand ils l'eurent élaboré, était simple et apparemment sans faille. Le lendemain, Martin récupérerait un certain objet dans le coffre-fort familial — cet objet lui appartenait —, il le vendrait outre-Atlantique, ce qui leur permettrait de vivre largement à l'aise pendant plusieurs mois. Claire apporterait son acte de naissance et les formulaires nécessaires pour l'obtention d'un passeport afin de les faire certifier ; de cette façon, elle se procurerait un passeport à New York, après quoi ils prendraient le vol de nuit pour Paris. L'argent que Martin avait sur son compte bancaire suffirait pour payer les billets. À l'automne, il fêterait ses vingt et un ans, entrerait en possession de son héritage, ensuite Claire et lui auraient de quoi mener l'existence dont ils rêvaient, aussi longtemps qu'ils le voudraient. Martin apprendrait l'art culinaire, il goûterait toutes les spécialités européennes, testerait les meilleurs restaurants des villes qu'ils visiteraient, s'introduirait dans les cuisines, tandis que Claire étudierait la sculpture. Leur vie, telle qu'ils l'imaginaient, ne connaîtrait pas de limites.

— Et le mariage ? lui demanda-t-elle, alors qu'ils discutaient de leurs projets. Nous n'avons pas vraiment abordé cette question.

Martin tressaillit et la dévisagea. Il dit qu'ils se marieraient, mais que cela ne lui paraissait pas urgent. Il aimait l'idée d'une union non conformiste, par rapport aux normes en vigueur.

— Nous nous marierons quand nous aurons

décidé de nous installer quelque part, dit-il. Qu'en penses-tu ?

Elle répondit que cela lui convenait, néanmoins elle éprouvait de l'appréhension. Elle avait l'impression que des fragments de la personnalité de sa mère surgissaient en elle. Elle voulait partir avec Martin, mais la peur la tenaillait. Elle ne savait pas comment dire au revoir à ses parents et à sa sœur Margaret. Les prierait-elle de s'asseoir tous dans la petite cuisine pour leur annoncer la nouvelle ? Non, il valait mieux s'en aller comme ça, simplement, en laissant une lettre pour leur expliquer les raisons de son départ et leur demander de ne pas s'inquiéter — en pure perte, évidemment. Après tout, elle avait vingt ans ; pourquoi alors se sentait-elle tellement coupable ?

Claire et Martin se séparèrent, en attendant le lendemain ; ils se rendraient en train à New York, prendraient un taxi pour Idlewild, monteraient dans l'avion. Quand ils se furent quittés, Martin rentra chez lui, à la Colline. Ses parents eurent un choc en le voyant. Pour ne pas provoquer de scène, il mentit et leur raconta qu'il avait passé tous ses examens la veille.

Sa mère, à travers les brumes de l'alcool, parut le croire. Son père se contenta de hausser les sourcils sans rien dire. Mais plus tard, alors que Martin s'était retiré dans sa chambre, il entendit un pas lourd dans l'escalier. Ash Rayfiel se campa sur le seuil de la pièce que son fils occupait depuis son plus jeune âge ; appuyé contre le chambranle de la porte, il considéra les images encadrées d'animaux de la jungle, les trophées de natation et de base-ball alignés sur une étagère, tout ce qui aux yeux de Martin représentait les reliques de l'enfance d'un autre.

— Alors, comment se sont déroulés ces examens ?

— Pas trop mal, répondit Martin avec raideur.

— Tant mieux. Je me rappelle combien c'était dur. Rester assis pendant des heures, penché sur son pupitre, au milieu des autres étudiants. Nous étions tous si nerveux qu'on n'entendait dans la grande salle que le crissement des plumes sur le papier.

— Oui, en effet, marmonna Martin en baissant le nez.

— Regarde-moi, dit son père.

Martin s'exécuta.

— Tu es un incurable menteur, déclara posément Ash Rayfiel. Mais je présume que cela ne dérange pas ta petite amie. Elle-même n'est pas très à cheval sur les principes. Pourquoi serait-elle ennuyée que tu aies abandonné l'université sans passer tes examens, que tu mentes pour assouvir tes propres désirs ? Elle ne se soucie que de l'argent. Je lui tire mon chapeau, si tu me permets cette expression.

— Vous vous trompez.

— Vraiment ? Écoute, tu devrais voir les choses en face. Voilà une fille qui n'a aucun atout. Zéro. Une fille persuadée qu'elle était destinée à une vie meilleure, que la malchance a voulu qu'elle ait pour père un simple ouvrier. Alors elle te met dans la tête l'idée que, toi, tu peux tout changer et lui donner l'existence qu'elle mérite. Elle ne te lâche pas d'une semelle. Comme tu es inexpérimenté, crédule, tu ne marches pas, tu cours. Et tu gobes l'hameçon.

Martin se tenait immobile, le dos bien droit, dans son fauteuil. Quand son père s'interrompit, il lui demanda :

— Comment avez-vous fait pour être devenu si méfiant à l'égard d'autrui ? Êtes-vous né ainsi, ou est-ce un virus qui sévit dans cette ville ?

Son père esquissa un sourire.

— Difficile à dire… Le doyen de Princeton m'a téléphoné, ajouta-t-il après une pause. Il m'a informé de tes agissements. Ta mère, toutefois, n'est pas au courant. Elle était au club quand on m'a appelé, par conséquent elle ignore encore ton exploit.

— Quand comptez-vous lui en parler ?

— Je n'ai pas décidé. Bientôt. Elle en sera malade, naturellement.

— Je suppose que la vodka l'aidera à se remettre.

Martin se mordit les lèvres, honteux de cette cruelle réflexion.

Ash braqua sur son fils un regard fixe.

— Tu as le choix : suivre le chemin de l'autodestruction ou retourner à Princeton demain matin. Tu es autorisé à passer tes examens l'après-midi, dans le bureau du doyen, sans être pénalisé, pourvu que tu y sois à quinze heures et que tu te montres suffisamment repentant.

— De quelle manière avez-vous persuadé le doyen d'accepter cet arrangement ? Lui avez-vous proposé d'offrir des chapeaux à tous les membres de l'université jusqu'à la fin de vos jours ?

— Peu importe, rétorqua Ash Rayfiel d'un ton brusque. J'ai sauvé notre famille d'une situation embarrassante. C'est tout ce qui compte.

Sur ces mots, il tourna les talons et redescendit l'escalier.

Martin s'approcha de son lit, conscient qu'il y dormirait cette nuit pour la dernière fois. Quand il se coucha, le regard rivé au plafond, les orteils touchant le montant de bois sculpté, la perspective de quitter cette trop vaste demeure et ce lit trop court l'emplit bizarrement d'une immense tristesse. Il n'avait jamais aimé cet endroit, à présent il partait ; sa mélancolie était inexplicable, pourtant elle le tint éveillé durant de longues heures.

En ville, au pied de la colline, dans Badger Street, Claire devait vivre aussi les dernières heures de son enfance, emballer furtivement ses affaires et son acte de naissance. Sur son lit trônaient quelques animaux en peluche avec lesquels elle jouait autrefois. Tous avaient été recousus et rapetassés, ils avaient la couleur du sol — un gris terne — quand la neige commence à fondre au printemps. Claire allait abandonner cette chambre qu'elle partageait avec sa sœur : la table de toilette encombrée de flacons, de brosses qui retenaient de fins cheveux blonds, de tubes de rouge à lèvres depuis longtemps usés. Lucas et Maureen Swift seraient choqués, désespérés par le départ de leur benjamine. Mais ils ne pleureraient pas une enfant morte. Elle serait au contraire plus vivante que jamais. Différente, cependant.

À neuf heures du matin le lendemain, après que son père fut sorti pour se rendre à la fabrique et avant le réveil de sa mère, Martin retrouva Claire près des haies, en face de sa demeure, à la Colline. Il lui avait demandé de venir ici et, malgré sa crainte, elle avait accepté.

— J'ai quelque chose à te dire, lança-t-elle sans lui laisser le temps d'ouvrir la bouche. Je n'ai pas mon acte de naissance. J'étais sûre de le trouver avec les autres papiers de mes parents, dans le placard du vestibule, mais il n'y était pas, et je ne pouvais pas poser de questions, sinon ils auraient eu des soupçons, et…

Elle s'interrompit, accablée par ce désastre qui lui semblait irréparable.

— Bon, murmura Martin en l'étreignant. (Il se rendit compte qu'elle pleurait, à sa façon de se blottir contre lui.) Tout va bien. Nous résoudrons le problème.

— J'aime la façon dont tu dis ça.

— Quoi donc ?

— *Nous* résoudrons le problème.

— Désormais, ce sera toujours *nous*, n'est-ce pas ?

Néanmoins, partir pour l'Europe s'avérerait plus difficile qu'ils ne l'avaient pensé. Ensemble, ils pénétrèrent dans la maison par l'entrée de service ; à l'office, la grosse cuisinière suisse râpait un morceau de fromage de la taille d'un dictionnaire. Quand ils passèrent, elle leur jeta un regard acéré, mais poursuivit sa tâche, actionnant vigoureusement le gruyère qui tombait en copeaux dans un saladier. Martin guida Claire vers le hall dallé de marbre qui brillait comme un lac noir, puis vers la salle à manger lambrissée de merisier.

— Qu'est-ce qu'on fait ici ? chuchota-t-elle.

Un doigt sur ses lèvres, il lui intima le silence. Sur un mur de la pièce, dont le centre était occupé par une longue table étincelante, était accrochée une peinture de Frederic Remington représentant un cavalier disparu depuis des lustres, juché sur un cheval lui aussi réduit en poussière. Martin décrocha le tableau avec précaution.

— Mon Dieu, tu veux le voler ? souffla Claire, scandalisée.

Il secoua la tête et, souriant, montra le coffre-fort dissimulé derrière l'œuvre de Remington. Il composa rapidement la combinaison, tourna la poignée métallique. À l'intérieur du coffre, sombre comme une caverne, s'empilaient des titres, des bons, des liasses de billets. Il tâtonna et finit par sentir sous ses doigts ce qu'il cherchait : la croix fleuronnée, en or, de la famille Rayfiel, incrustée de diamants et de lapis-lazuli. Un objet vulgaire, sans grâce, de quinze centimètres sur vingt-trois environ, commandé jadis à un joaillier par Simon Rayfiel, l'arrière-grand-père de Martin, et destiné à être exposé dans une vitrine ou prêté à un musée. Cette croix appartenait à Martin depuis le jour de sa naissance, bien qu'il ne lui ait jamais accordé une seule pensée.

Il s'en saisit et la posa dans le creux de sa paume. Puisque Ash Rayfiel avait l'intention de mettre tout le poids de son argent dans la balance, Martin lui rendrait la pareille. Ce serait une lutte muette entre le père et le fils, un dialogue sans paroles.

— Je n'ai jamais rien vu de semblable, murmura Claire qui contemplait la croix.

— C'est incroyablement laid, non ? rétorqua-t-il en glissant le joyau dans la poche de sa veste.

Il referma le coffre-fort, raccrocha le tableau. Alors qu'il s'apprêtait à sortir de la salle à manger avec Claire, il entendit un bruit dans le hall.

En se retournant, il vit sa mère, vêtue d'une

longue robe de chambre en brocart, la ceinture à moitié dénouée. Les yeux bouffis, les cheveux ébouriffés, elle paraissait à la fois fragile et dévastée. L'alcool était devenu une part de son être au point que Martin ne se la rappelait plus autrement qu'un verre à la main.

— Martin ?

Soudain, un souvenir lui revint, ou plutôt une bribe de souvenir remontant à sa plus tendre enfance : sa mère qui l'embrassait, avant de partir pour le club en compagnie de son époux. Il revoyait l'éclat mat de ses perles, sentait sa main tiède sur son front. Ce soir-là, il avait pensé qu'elle était la plus belle femme du monde.

— Que fais-tu, chéri ?

— Je vous présente mon amie Claire, dit-il d'une voix douce, sans répondre directement à la question. Nous avions quelque chose à prendre.

— Oh, je comprends…

Elle ne comprenait rien, bien sûr, elle avait la voix pâteuse, elle était complètement déboussolée. Son regard se fixa un instant sur Claire.

— Elle est ravissante, Martin, murmura-t-elle, comme si la jeune fille n'était pas là.

— Oui, n'est-ce pas ? rétorqua-t-il, puis ils s'éclipsèrent.

Ils avaient un problème épineux à résoudre : faire certifier les papiers pour l'obtention du passeport de Claire sans fournir d'acte de naissance. Ils se rendirent au Hudson Valley Trust and Loan, où Martin demanda à s'entretenir avec le directeur, M. Clendon. Il lui exposa la situation, montra tous les documents dont il disposait, expliqua que seul l'acte de naissance de Claire manquait. Le directeur les considéra longuement par-dessus ses lunettes, toussota et déclara que, dans ces conditions, il était dans l'impossibilité de les aider.

Martin le supplia de faire une exception.

— Écoutez, c'est une amie très proche. Vous connaissez ma famille, vous me connaissez. Ne pourriez-vous pas certifier ces papiers, même si vous n'avez pas l'acte de naissance ? Juste pour une fois ?

Son interlocuteur secoua la tête.

— Ce serait illégal, répondit-il en plissant les lèvres. Je devrais peut-être téléphoner à votre père, en discuter avec lui.

Martin le remercia et poussa vivement Claire hors du bureau. Comme ils ne savaient où se réfugier, ils se dirigèrent vers la prairie, s'étendirent sur l'herbe, hébétés.

— Je suis terriblement désolé, dit Martin. Je t'avais promis que nous partirions en Europe. Tu étais prête, et je t'ai déçue. Je n'ai pas étudié la question à fond, je n'ai pas prévu que nous aurions ce problème.

— Ce n'est pas grave, Martin, je t'assure.

— Si, c'est grave.

— Nous avons essayé, et ça n'a pas marché. C'est peut-être un signe, ajouta-t-elle après un silence. Le signe que nous ne sommes pas destinés à partir.

— Un signe ? répéta-t-il. Ces choses-là n'existent pas. Ne recule pas maintenant, souffla-t-il en se rapprochant d'elle. S'il te plaît.

Elle ne répliqua pas.

— Laisse-moi encore une chance. Tu veux bien m'attendre ici ?

Elle acquiesça sans conviction.

— Où vas-tu ?

— Voir un ami.

Il n'en dit pas plus, se redressa, épousseta son pantalon et s'en fut.

Quand il revint un moment plus tard, il était accompagné d'un grand jeune homme qui avait à peu près son âge et arborait une cravate. Il remuait nerveusement les doigts, une expression anxieuse se lisait sur son visage.

— Claire, voici mon ami. Je l'ai surnommé Motus, parce que je n'ai jamais connu quelqu'un d'aussi réservé et taciturne.

Motus serra la main de Claire et lui sourit. Elle l'aima tout de suite, à cause de son sérieux et de sa détermination.

— Martin m'a raconté que vous aviez un petit problème de passeport. Nous allons régler ça.

Motus avait récemment passé l'examen de notaire[1]. Il était le plus jeune de toute la région, dit Martin à Claire, et si jamais l'on découvrait qu'il avait certifié ce genre de documents sans disposer d'un acte de naissance, il perdrait sa licence et aurait de graves ennuis. Néanmoins Motus tamponna et signa chaque page du dossier.

— Vous voilà parée, dit-il en le tendant à Claire.

— Je ne sais comment te remercier, rétorqua Martin. Claire et moi pouvons à présent quitter cette ville pour de bon.

Claire dévisagea longuement l'ami de Martin.

— Pardonnez ma curiosité, mais... pour quelle raison avez-vous accepté de nous rendre ce service ? C'est illégal, je ne l'ignore pas, et très risqué pour vous.

Motus haussa les épaules. Il hésita, puis répondit d'une voix douce :

— J'ai rencontré une fille l'été dernier, nous nous marierons à l'automne. Tout le monde en est ravi. Ses parents m'apprécient, les miens l'adorent. Et moi, je l'aime, de toute évidence. Elle a un rire merveilleux, elle sait siffler, elle est

1. Aux États-Unis, il s'agit en réalité d'un officier ministériel qui légalise signatures et documents, qui établit des protêts pour les traites ou chèques impayés *(N.d.T.)*.

belle. Si je ne pouvais pas vivre avec elle, ajouta-t-il après un silence, je me demande ce que je deviendrais.

Claire et Martin voulurent lui exprimer encore leur gratitude ; si quelque chose le tentait, ils le lui enverraient d'Europe — du cristal de Baccarat, par exemple, ou un foulard pour sa fiancée... Motus les interrompit d'un geste.

— Je vous en prie, marmonna-t-il, gêné. Dépêchez-vous de partir. Vous avez un avion à prendre.

Cette nuit-là, Claire et Martin traversèrent l'Atlantique. Ils étaient installés dans leurs sièges de première classe, en proie à une peur inconsciente qui les empêchait de parler et de toucher au plateau-repas posé devant eux. Claire n'ayant encore jamais pris l'avion, sa terreur était due en partie au fait de voler dans un appareil suspendu en plein ciel. Mais celle de Martin était brute, sans raison annexe. Il avait voulu quelque chose, maintenant il l'avait. Or son désir l'emmenait loin de sa vie quotidienne. À l'université, au cours d'introduction à la poésie, il avait lu que les grands poètes d'autrefois évoquaient souvent les « transports amoureux ». Eh bien, l'amour les transportait à présent, Claire et lui, à travers un océan houleux, très loin des comptines, des rondeurs de l'enfance, loin de tout ce qui leur était familier, de ce qu'ils connaissaient par cœur.

Quand l'avion atterrit à l'aéroport d'Orly, Martin embrassa fiévreusement Claire.

— Ça y est, murmura-t-il.

— Ça y est, souffla-t-elle.

Ni l'un ni l'autre ne savait exactement ce que « ça » signifiait. Deux heures plus tard, ils étaient dans leur chambre, au George-V. Le chasseur leur avait montré comment tout fonctionnait — y compris, ce qui les amusa, le cordon des doubles rideaux, ainsi que les robinets d'eau chaude et d'eau froide. Ils l'avaient gratifié d'un généreux pourboire, et il s'était retiré en marmonnant des remerciements. Les bruits de la rue leur parvenaient assourdis : les klaxons des voitures françaises, parfois le coup de sifflet d'un agent de police, des jurons qui fusaient. Des arbres bordaient l'avenue, on apercevait la Tour Eiffel qui semblait surveiller son Paris, songea Claire, comme une mère attentive.

Sa propre mère était à des milliers de kilomètres, hors d'atteinte. Ici, dans cette chambre aux murs couleur crème, aux voilages que gonflait la brise, il n'y avait que deux êtres : un homme et une femme éreintés, étendus sur un lit moelleux, qui attendaient de voir ce qui allait leur arriver maintenant.

5

LE soir, les monuments de Paris restaient illuminés jusqu'à minuit, heure à laquelle tout s'éteignait brusquement, annonçant que le spectacle était terminé et ne reprendrait que le lendemain. Claire se demandait si les Parisiens s'émerveillaient encore à la vue de Notre-Dame, de l'Obélisque gainé de lumière laiteuse, ou bien s'ils n'y prêtaient plus attention, de même qu'elle était depuis longtemps indifférente aux sites, certes beaucoup moins extraordinaires, de Longwood Falls.

Martin et elle sortaient tous les soirs et se baladaient au moins jusqu'à l'extinction des feux.

— Bonne nuit, Notre-Dame, disait Martin alors que, immobiles sur le pont, ils regardaient la cathédrale s'engloutir dans les ténèbres. Dors bien.

Eux-mêmes ne se souciaient guère de dormir. En 1952 à Paris, il faisait bon être jeune, dynamique et américain. La cité avait pansé ses plaies, retrouvé son aspect d'avant la guerre ; tous ceux qui avaient le goût du mouvement, l'âme romantique et un minimum d'argent en poche y venaient. Ils arrivaient en masse des États-Unis, si bien que dans tous les cafés ou les boîtes on était sûr d'entendre, par-dessus les bruits de verre et le brouhaha des conversations, une voix à l'accent américain.

Au début, Martin et Claire évitèrent leurs compatriotes, ils voulaient être seuls tous les deux pour découvrir cette ville et oublier ce qu'ils avaient vécu ailleurs. Martin vendit la croix familiale à un vieux marchand distingué qui examina longuement les pierres précieuses et déboursa une grosse somme qui leur permettrait de vivre luxueusement jusqu'à la fin de l'automne, époque où Martin aurait vingt et un ans et serait en mesure de réclamer son héritage.

Un après-midi, il emmena Claire chez Chanel aux vastes salons frais et embaumés. Claire, qui s'était d'abord montrée réticente, observait d'un œil intéressé les mannequins élancés, gazelles hautaines et virevoltantes, ainsi que les autres clientes qui butinaient parmi les splendides tissus. Les hommes se tenaient sur les côtés. Martin les rejoignit et se croisa les bras. Tout cela ressemblait à quelque rite sexuel, étrange et troublant, songea-t-il. Les femmes disparaissaient dans les cabines d'essayage où elles se paraient, puis écartaient les rideaux pastel pour s'exhiber devant les mâles. Elles battaient coquettement des cils, leurs compagnons émoustillés se répandaient en commentaires élogieux.

On apporta à ces messieurs des rafraîchissements. Martin prit un verre, comme s'il était à un cocktail et non pas dans une boutique de haute couture. Claire essayait un tailleur vert pomme. Il réalisa qu'il comparait la plupart des couleurs à des aliments — en réalité, tout ou presque le faisait penser à la nourriture, il n'y pouvait rien.

Le tailleur seyait merveilleusement à Claire, néanmoins elle refusa le bibi assorti que lui proposait la vendeuse.

— Non, non..., dit-elle en agitant une main.

Elle détestait toujours autant les chapeaux, même si elle affirmait que cela n'avait aucun rapport avec les activités du père de Martin. Simplement, elle ne supportait pas d'avoir la tête et les cheveux comprimés par un couvre-chef, elle voulait se sentir libre.

Et, de fait, elle se sentait libre en Europe. Elle le dit à Martin lorsqu'ils quittèrent la boutique Chanel avec le tailleur vert pomme au prix exorbitant, plié dans du papier de soie et rangé dans un sac de carton laqué. Ils marchèrent le long de la Seine. Claire balançait son sac au bout de son bras, Martin jetait aux oiseaux des miettes de la brioche qu'il avait fourrée dans sa poche le matin, après le petit déjeuner. Claire semblait si heureuse, songea-t-il en l'observant. Jamais il ne lui avait vu cet air-là à Longwood Falls. Même lors de leur première rencontre au belvédère, il y avait chez elle quelque chose de retenu, muselé, enfoui au plus profond de son être. À présent elle ouvrait ses pétales, et il se demandait quel genre de fleur elle deviendrait.

Le soir, Claire mit son tailleur Chanel, Martin une veste neuve, en toile gris ardoise, et ils se rendirent dans un petit restaurant — chez Solange — près du Champ-de-Mars. La salle, qui donnait sur un jardin, était éclairée par des bougies parfumées, les serveurs glissaient sans bruit sur le parquet. La cuisine, décréta Martin, était parfaite. Elle n'avait rien de révolutionnaire, le chef ne s'était pas amusé à créer de surprenantes associations de saveurs. Tout était simplement délicieux : le pain niché dans une serviette artistement pliée, la sole aux câpres, la salade en vinaigrette, le plateau de fromages à l'odeur forte et alléchante, l'exquise tarte aux poires qui, malheureusement, concluait le repas.

Martin ne fut guère loquace durant le dîner, il engrangeait le maximum d'enseignements, étudiait la façon dont un serveur maniait le pain avec des pinces, dont un autre levait les filets de poisson d'une main experte, dont un troisième débouchait une bouteille de vin et attendait que le client, un vieux monsieur, goûte la première gorgée. Voilà comment il faut faire, pensait-il.

Un jour, il aurait son propre restaurant, il le savait. Pas à Paris, cependant, car jamais il ne serait assez compétent pour maîtriser toutes les subtilités de la gastronomie française. Mais où qu'il s'implante, son établissement ressemblerait à ce lieu raffiné, ce petit bijou.

— Tu es en plein travail, n'est-ce pas ? dit Claire qui l'observait.

Ces mots le ramenèrent à leur table, à la ravissante jeune Américaine en tailleur Chanel assise en face de lui. Il lui prit la main et la baisa.

— Merci de me supporter, murmura-t-il.

— Ce n'est pas difficile.

— J'ai parfois tendance à m'enfermer en moi-même.

— Moi aussi.

C'était arrivé à Claire, Martin en avait été effectivement témoin au cours de l'après-midi, alors qu'ils rentraient à l'hôtel avec leurs emplettes. Ils étaient passés devant un cinéma où, coïncidence, on jouait *Un Américain à Paris.* Le film avait remporté un oscar l'année précédente, et maintenant il faisait le tour du monde.

— Ça te dit ? avait proposé Martin et, comme Claire haussait les épaules, il avait l'entraînée dans la salle.

Ils avaient déjà vu le film — qui les avait emballés — à Longwood Falls, en se gavant de caramels. Mais aujourd'hui, à Paris, les images avaient bouleversé Claire. Inquiet, Martin s'était penché vers elle pour lui murmurer :

— Ça va ?

Elle avait opiné mais les larmes roulaient sur ses joues. Quand il lui avait suggéré de sortir, elle s'était empressée d'accepter. Dehors, en pleine lumière, elle n'avait pu expliquer sa réaction. Après tout, ce film était une comédie musicale, pleine d'optimisme, de chants et de danses.

— Je ne souffre pas du mal du pays, pas vraiment. Rien ne me manque. J'étais prête à quitter la maison, j'en avais plus qu'assez. Mais..., avait-elle enchaîné après un temps de réflexion, c'est le seul endroit sur cette terre que je connaisse réellement, vraiment réellement. Et j'ai l'impression qu'il en sera peut-être toujours ainsi.

Martin n'avait pas tenté d'argumenter, de dire que bientôt elle connaîtrait tous les arrondissements parisiens aussi bien qu'elle connaissait les quartiers, les routes et les étangs de Longwood Falls. Elle était une Américaine à Paris : une chance fabuleuse, mais qui impliquait également de brusques accès de tristesse et de dépaysement.

Un jour, à midi, sur les marches de Notre-Dame, Claire et Martin furent accostés par un couple de jeunes Américains qui avaient déchiffré le titre du livre que Claire tenait sous son bras — *Treasures of European Sculpture* — et en avaient conclu qu'elle parlait anglais.

— Excusez-moi, leur dit l'homme, mince et blond. Seriez-vous américains, par hasard ?

— Est-ce donc tellement évident ? répliqua Claire.

— Oh non ! répondit la femme, qui était très jolie. En fait, Wally vous le confirmera, je vous trouvais beaucoup trop élégants pour des Américains. Je vous prenais pour des Européens, peut-être des Scandinaves. Là-dessus, nous avons vu votre bouquin, nous vous avons entendus bavarder…

— Et vous nous avez démasqués, acheva Martin.

Les deux couples — l'un de Longwood Falls, l'autre de New York — décidèrent de déjeuner ensemble dans un café voisin. Quoique Claire et Martin eussent auparavant délibérément évité leurs compatriotes, elle parut réconfortée par cette rencontre. Wally et Kate, eux non plus, n'étaient pas mariés ; ils habitaient un appartement de Greenwich Village, au cinquième étage sans ascenseur. Il passait ses journées à écrire une pièce de théâtre, tandis qu'elle composait d'étranges œuvres de musique contemporaine pour la harpe. Tous deux travaillaient la nuit pour gagner de quoi payer leur loyer et leur voyage à Paris ; elle avait été standardiste, lui serveur dans un bar. Ils comptaient rester en France jusqu'à épuisement de leur pécule et faisaient partie d'un groupe de futurs écrivains, compositeurs et artistes qui menaient la vie de bohème dans de modestes pensions ou logements. Quand Wally leur demanda où ils demeuraient, Martin donna une réponse évasive. La vérité, soudain, l'embarrassait.

Le soir, très tard, ils les accompagnèrent à une fête qui se déroulait sur la rive gauche. Le hall, les paliers, la cage d'escalier étaient bourrés d'Américains tapageurs. L'appartement était aussi enfumé qu'un night-club et empestait le whisky. Un gros jeune homme ivre, originaire du Texas, trébucha, faillit dégringoler les marches. Il fallut l'aider à retrouver son équilibre. Claire entendit un homme et une femme discuter d'art avec véhémence ; ils se chamaillaient, d'après ce qu'elle comprit, pour déterminer qui dessinait le mieux : Braque ou Picasso. Claire connaissait mal l'œuvre de ces deux peintres, et elle en fut mortifiée. Elle voulait devenir une artiste, mais elle avait un si long chemin à parcourir. Dans les salles du Louvre, avec Martin, elle avait été subjuguée par les splendeurs exposées dans ce musée. Il y avait cependant tant d'autres merveilles à découvrir, jamais elle ne réussirait à tout voir, elle avait commencé trop tard.

Il était *toujours* trop tard, soupira-t-elle. On souhaitait accomplir quelque chose d'essentiel, mais le temps vous glissait entre les doigts. Elle avait trouvé Martin à l'âge de dix-sept ans, elle était très jeune, pourtant elle savait que, d'une certaine manière, il était déjà trop tard. Sa famille, son passé l'avaient marquée d'une empreinte indélébile. Elle avait pleuré en regardant *Un Américain à Paris* parce que le film lui rappelait ce qu'elle avait abandonné. Elle ne ressemblait pas à Martin. Pour lui, la rupture était plus facile ; il avait grandi au sein d'une famille odieuse, qui prônait des valeurs odieuses.

Elle le chercha des yeux ; il parlait avec deux hommes — des contradictions existant entre la politique américaine et celle de l'Europe. Il fumait une Gauloise, prise dans le paquet bleu que lui avait tendu l'un de ses interlocuteurs.

Martin détestait les cigarettes. Cependant il était là, jeune, vibrant, dans l'escalier d'un immeuble de la rive gauche, à Paris, une Gauloise au bec. Il profitait de tout, s'en imprégnait avec avidité. Il n'avait rien à perdre. Il avait rompu avec sa famille, suivait sa propre route, bientôt il serait riche. Claire était plus timorée que lui, plus nostalgique. Il lui semblait avoir encore beaucoup à perdre. Voilà quelle était la différence entre eux.

Un futur romancier en pull à col roulé noir s'approcha. Elle l'avait entendu évoquer un peu plus tôt son manuscrit intitulé — si elle se souvenait bien — *Le Goût de la grenade*.

— Vous vous amusez ? dit-il en lui tendant un plateau de fromages tellement faits qu'ils dégoulinaient.

— Oh oui, répondit-elle, tandis que résonnait quelque part une chanson française mélancolique accompagnée à la guitare, dont elle ne comprenait pas les paroles. (Il y eut un silence embarrassé.) Alors votre roman… *Le Goût de la grenade*, n'est-ce pas ? Quelle en est l'histoire ? demanda-t-elle par politesse. Est-ce que l'un de vos personnages a une passion particulière pour ce fruit ?

L'homme la considéra d'un air perplexe.

— Non, marmonna-t-il. Il n'y a pas de grenade, ce n'est qu'une métaphore. Évidemment.

Claire piqua un fard ; elle se sentait désorientée et honteuse.

Cette nuit-là, Martin et elle eurent du mal à trouver le sommeil. Il avait passé un agréable moment à la fête, contrairement à Claire. Leurs cheveux empestaient la fumée de cigarette.

— Partons quelque part dès demain, dit-elle tout à coup.

Elle le distinguait parfaitement dans la lueur de la lune qui se faufilait par les hautes fenêtres et baignait la chambre.

— Oui, pourquoi pas !

Il était ainsi : facile à vivre. Une nervosité mêlée de tristesse taraudait Claire, tandis que Martin était prêt à toutes les aventures. Le matin, après avoir consulté une carte, un guide touristique et le concierge de l'hôtel, ils prirent le train pour Aix-en-Provence. La capitale et sa banlieue firent peu à peu place à la campagne.

Arrivés à destination, ils louèrent une Citroën jaune canari et sillonnèrent un paysage vallonné. Ils se rendaient à Lourmarin où Martin, annonça-t-il d'un ton anodin, connaissait quelqu'un.

— Qui ?

— Une vieille amie, répondit-il, évasif.

Ils s'arrêtèrent pour se reposer un instant sur la terrasse de l'un des cafés qui bordaient la route. Martin commanda une citronnade ; Claire, par curiosité, choisit une orange givrée que le bistrotier pêcha dans une glacière. On avait évidé la pulpe pour la remplacer par du sorbet. La cuillère de Claire heurta soudain un petit objet.

— Il y a quelque chose dedans !

— Oui, mademoiselle, rétorqua le cafetier. C'est comme une pochette-surprise.

Claire lécha consciencieusement sa cuillère pour découvrir la « surprise ».

— Oh, regarde, Martin.

Elle saisit précautionneusement un anneau de métal orné d'une fausse pierre verte, de la verroterie, qui durant une fraction de seconde capta la lumière du soleil. Tous deux contemplèrent la bague en silence ; ils pensaient à leur mariage.

Ils étaient convenus de se marier dès qu'ils auraient décidé de s'installer quelque part. Ils s'épouseraient et auraient des enfants. Mais quand ? Au fond, Claire était plus conventionnelle que Martin, elle avait besoin de certitudes.

— Nous le ferons, bien sûr, lui répétait Martin.

— Mais quand ? insistait-elle.

— Bientôt.

Il prit la bague et, solennellement, la lui glissa au doigt. Le modeste bijou, qui avait séjourné dans la glacière des jours, voire des semaines, était froid. Martin se pencha par-dessus la table métallique ronde et murmura la réponse à la question que, cette fois, elle n'avait pas posée :

— Bientôt...

La vieille amie que Martin avait à Lourmarin, avoua-t-il enfin, n'était autre que Nicole Clément, l'ancienne cuisinière des Rayfiel, la femme qui avait été sa maîtresse durant quelques brèves heures. Elle s'appelait maintenant Nicole Vachon, car elle avait épousé un mécanicien prénommé Thierry. Martin l'avait appris grâce aux lettres chaleureuses et truffées d'anecdotes qu'elle lui envoyait de temps à autre. Il n'en savait guère plus, et cinq ans s'étaient écoulés depuis leur séparation. Claire, constata-t-il avec soulagement, ne paraissait pas contrariée.

— Je serai contente de la rencontrer, se borna-t-elle à dire.

Lourmarin était un village. Martin espéra que

les habitants se connaissaient tous et qu'on saurait lui expliquer où habitaient Nicole et sa famille. Ce fut le cas. La première personne qu'ils interrogèrent, en l'occurrence un homme affublé d'un long tablier blanc qui balayait le trottoir devant une boulangerie, opina vigoureusement du bonnet. Oui, oui, il connaissait Mme Vachon. Il pointa le doigt vers le clocher. À l'église, il fallait tourner à gauche, expliqua-t-il à Martin, et ensuite demander à quelqu'un d'autre la direction de la maison.

Ce ne fut pas nécessaire, car sitôt qu'ils eurent dépassé l'église, une silhouette se matérialisa brusquement devant eux.

— Je crois que c'est elle.

La femme marchait devant la voiture, elle montait une rue pentue, flanquée de deux enfants qui lui tenaient la main et se faisaient tirer en chantant de leurs voix fluettes : *Lundi matin, l'empereur, sa femme et le petit prince...*

Martin coupa le moteur, Claire et lui descendirent de la voiture. Il lança un coup d'œil à sa compagne qui hocha la tête : vas-y.

— Nicole ? appela-t-il. Nicole ?

La femme se retourna. C'était elle. Plus mûre, enceinte, mais c'était bien Nicole.

— Martin ? dit-elle ?

Avec un cri de joie, elle lui sauta au cou. Elle leur présenta ses filles, Joëlle et Marie, Martin lui présenta Claire. Les nouveaux venus furent aussitôt pris dans un tourbillon et, avant même de réaliser ce qui se passait, invités à un festin donné en leur honneur : des miches de pain, des tomates d'un rouge éclatant, des olives à la peau plissée, une marmite de bouillabaisse qui embaumait l'ail et des bouteilles de vin étaient disposées sur une longue table en chêne, dans une cour ombragée où s'ébattait une ribambelle d'enfants. À présent, les filles de Nicole chantaient : *Vendredi matin, l'empereur, sa femme et le petit prince...*

Martin avait d'abord essayé de décliner l'invitation, il ne fallait pas que Nicole se donne toute cette peine; mais elle avait rétorqué qu'il valait mieux pour lui capituler. Ce serait plus facile pour tout le monde, car elle allait mettre les petits plats dans les grands, qu'il le veuille ou non; et dès que l'on saurait que deux Américains lui rendaient visite, sa famille et ses voisins ne manqueraient pas d'accourir pour les voir.

Donc ils capitulèrent. Assis à la table tels deux mariés au soir de leur noce, ils remercièrent les vieilles dames qui leur présentaient leurs vœux de bonheur, et applaudirent aux acrobaties des gamins. Nicole et Martin ne firent aucune allusion à ce qui s'était passé entre eux des années auparavant — cet événement qui avait peut-être hâté le retour de la jeune femme à Lourmarin —, hormis en fin d'après-midi, lorsqu'un homme pénétra dans la cour, ébahi par la fête qui s'y déroulait et s'était organisée de but en blanc pendant qu'il travaillait au garage. Nicole, qui se leva pour aller à sa rencontre, chuchota à l'oreille de Martin :

— Thierry n'est pas au courant pour nous.

Martin, lui, ne savait pas ce qu'il était venu chercher ici, ce qu'il attendait de ces retrouvailles. Sans doute souhaitait-il inconsciemment montrer à Nicole que son apprenti un peu spécial avait bien tourné — ou du moins pas trop mal. Que son amour de la cuisine s'était épanoui, qu'il chérissait sa compagne. Et si, en réalité, c'était la bénédiction de Nicole qu'il recherchait, il fut satisfait au-delà de toutes ses espérances.

À la fin de la soirée, alors qu'une escouade de neveux et nièces les précédait dans la rue menant à la demeure des parents de Nicole où « les Américains » passeraient la nuit (refuser eût été inutile) avant de repartir dès potron-minet, Nicole serra très fort le bras de Martin.

— Elle est vraiment charmante.

Claire, qui marchait devant eux, enseignait à Joëlle, la cadette, à prendre son élan pour sauter le plus loin possible.

— Oui, elle l'est.

— Et ton père ?

— Oh, il est beaucoup moins charmant.

Nicole éclata de rire.

— Comment il a réagi ?

— Tu t'en doutes, je suppose.

— Et ça t'est égal ?

Martin hocha la tête.

— Vraiment ?

— Tu ne me crois pas ? rétorqua Martin en la regardant. Réponds, insista-t-il comme Nicole haussait les épaules.

— Ce que je pense n'a pas d'importance.

— Tu te trompes. Pour moi, cela compte énormément, objecta-t-il avec une absolue sincérité. Voilà pourquoi je suis ici : pour savoir ce que tu penses.

Nicole détourna le regard vers son mari, Thierry, qui portait leur fille aînée sur ses épaules. « À dada, hop là, hop là ! » chantonnait-il.

— Tu es heureuse avec lui ?

— C'est un bon père, dit-elle après un silence.

Ses paroles, comme son haussement d'épaules, donnaient matière à bien des interprétations. Martin faillit poursuivre son interrogatoire, mais il réalisa qu'il connaissait déjà la réponse : Thierry était à l'évidence un mari plein de bonté, cependant il n'appartenait pas à ces hommes auxquels une épouse pouvait confier qu'elle avait commis naguère un faux pas avec un garçon américain beaucoup plus jeune qu'elle.

Martin et Nicole continuèrent à marcher en silence ; bientôt ils atteignirent la maison des parents, et la petite troupe s'arrêta. Il y eut des embrassades, des poignées de main, des remerciements, des promesses de se revoir un jour ou l'autre. Joëlle s'entraînait toujours à sauter, elle disparaissait et réapparaissait au coin de la rue. Claire rejoignit Martin qui la prit par les épaules.

— Je crois que j'ai appris un nouveau jeu à votre fille, dit-elle à Nicole.

— Tu lui as appris à s'esbigner, plaisanta Martin.

— Ça se produira tôt ou tard, rétorqua Nicole, et tous trois se mirent à rire. J'ai une question à te poser, ajouta-t-elle en se tournant vers Martin.

Il se crispa, conscient qu'elle scrutait intensément son visage. Elle avait toujours été celle qui le comprenait, qui l'encourageait, qui le faisait venir dans la cuisine quand les Rayfiel étaient couchés, qui percevait en lui la capacité de devenir autre chose que le maître de la plus grande chapellerie de la vallée.

— Quelle question ?

— Vous retournerez à Paris ?

— Probablement. Nous irons d'abord en Italie. Claire veut chiper quelques tuyaux à Michel-Ange.

Confuse, Claire lui pinça le bras.

— Quand vous aurez visité l'Italie, allez en Irlande, dit Nicole. J'ai un ami, là-bas. Il est chef cuisinier dans un château où l'on a ouvert un restaurant. Si tu désires sérieusement…

— Un château ? fit Claire.

— … apprendre le métier, avoir un jour ton propre restaurant, suis mon conseil. D'accord ?

Elle emprunta le stylo de Martin et griffonna les coordonnées sur un bout de papier qu'elle lui remit. Elle le contempla longuement, l'étreignit du regard, puis se détourna. Elle souhaita une bonne nuit à son père et à sa mère, appela sa fille, et entraîna sa famille le long de la ruelle tortueuse, tenant chaque enfant par la main. Elle remontait la côte où Martin l'avait retrouvée cet après-midi, ainsi qu'elle le faisait sans doute chaque jour, ainsi qu'elle l'aurait fait même s'il n'était pas venu à Lourmarin.

Et Martin la suivit des yeux jusqu'à ce qu'elle ait disparu dans la nuit.

6

En Italie, ils marchèrent. Ils flânèrent sous les arcades de la piazza del Campo, à Sienne, feignant de ne pas remarquer les regards insistants des hommes qui, au crépuscule, apparaissaient tout à coup sur le seuil des boutiques, la cigarette aux lèvres. Ils déambulèrent dans les ruelles de Venise, boudant les gondoliers qui les apostrophaient et voulaient les emmener vers les lieux où se pressait la foule des touristes ; ils préféraient se perdre dans le dédale des quartiers retirés, résonnant de cris d'enfants, où le linge séchait aux fenêtres. À Florence, ils arpentèrent la Galerie des Offices, dans un silence que troublaient à peine le claquement de leurs talons sur le sol dallé et, parfois, une exclamation de ravissement. À cause sans doute de ces longues promenades, ils prirent vite l'habitude de déjeuner copieusement avant de regagner l'hôtel en début d'après-midi, et dormir comme des nouveau-nés. Puis, sitôt réveillés, ils ressortaient.

— Tu en as assez? demanda Martin un jour à Florence, alors qu'ils redescendaient la colline que couronnait le palais Pitti.

— Non, répondit-elle spontanément.

Une pause.

— Non, jamais, reprit-elle, s'enveloppant de ses bras, les yeux rivés sur les toits rouille de la cité qui s'étageaient de l'autre côté du fleuve. Je n'aurai jamais assez de temps pour tout voir. Il faudrait que je sois immortelle.

— C'est vrai, rétorqua-t-il. Le truc, c'est de savoir à quel moment il convient de s'arrêter.

Mais Claire n'imaginait pas mettre volontairement un terme à ce somptueux défilé de chefs-d'œuvre et de bons restaurants. Cela représentait ce qu'elle avait désiré pendant des années. Ou plutôt non... la vie qu'elle menait à présent n'était dans son esprit de jeune fille qu'une vision fugitive, un rêve qu'elle s'autorisait rarement à caresser — l'Europe, la réponse instinctive à la question : où irais-tu si tu avais les moyens de visiter le monde entier?

À présent c'était une éblouissante réalité. À chaque coin de rue l'attendait quelque splendeur : des fresques dans une chapelle, des tapisseries dans une église, des peintures dans un musée, des sculptures dans un magnifique jardin. Une colline s'élevait devant elle? Elle en gravissait la pente. Un pont? Elle le franchissait. Pourquoi aurait-elle hésité? Elle portait de confortables chaussures italiennes en cuir souple et résistant, prêtes à l'accompagner dans sa chasse aux trésors.

Pourtant il lui faudrait effectivement s'arrêter. Si pénible que ce fût de se dire que leur vagabondage aurait une fin, ils ne pourraient pas continuer ainsi encore très longtemps. Le soir, ils avaient les jambes coupées par la fatigue, une sensation inconnue pour Claire et qui lui déplaisait. Elle n'avait plus le mal du pays, ne ressentait plus de honte quand elle était incapable de définir le style de tel ou tel artiste, ou bien de se rappeler à quelle époque il avait vécu. La lassitude qui la submergeait parfois, elle comme Martin, était quelque chose de nouveau ; c'était une lassitude due au rythme de leurs journées, à l'accumulation d'images que leur mémoire engrangeait. Et ce serait à elle seule de décréter : « Ça suffit. »

Martin ne le ferait pas, elle le savait. À Paris peut-être ; à Lourmarin, certainement. Mais l'Italie appartenait à Claire. Il la laissait devant un triptyque ou une sculpture, s'en allait boire un cappuccino et lire l'*International Herald Tribune*. Quand il revenait, il la retrouvait là où il l'avait abandonnée, elle n'avait pas bougé d'un centimètre. Lui s'étonnait des prix que pratiquaient les petites trattorias, il engouffrait de pleines assiettées de simples spaghettis au beurre, qu'il mangeait avec sa fourchette et sa cuillère à soupe, le menton luisant de graisse ; il apprenait à distinguer les huiles d'olive des diverses régions italiennes : les vertes, les dorées, celles qui laissaient un dépôt au fond de la bouteille ; il tenait à tester toutes les variétés de glaces lorsqu'ils rentraient à leur hôtel, le Paolo e Francesca, un petit établissement raffiné près du Duomo. Parfois il interrogeait gentiment Claire, il l'embrassait dans le cou et lui demandait si elle n'en avait pas encore assez — oh, il ne la bousculait pas, disait-il, il posait juste une question — et parfois, Claire admettait que, si, elle commençait à se lasser. Puis elle bredouillait : cela ne l'ennuierait pas de rester un jour de plus, deux au maximum ? Dans ces moments-là, le sourire de Martin lui semblait teinté d'un soupçon d'indulgence. Un jour elle commit l'erreur de lui en faire la remarque.

— Ça n'a rien à voir avec de l'indulgence, objecta-t-il.

Ils déambulaient devant une série de crucifixions de l'école toscane, cherchant où il fallait tourner pour rejoindre la galerie qui abritait le *David* de Michel-Ange.

— Je ne passerais pas mon temps auprès de quelqu'un qui m'inspirerait de l'indulgence.

— Quelquefois j'ai la sensation que voir tant d'œuvres d'art est une souffrance. J'en ai mal aux yeux, à la tête, même aux dents.

— Et c'est alors...

— Eh oui... c'est alors que je découvre une

merveille que je ne connaissais pas, et la douleur s'évanouit, j'oublie tout.

— Même moi.

— Même toi, avoua-t-elle. Cela te blesse ?

— Si quelqu'un doit te voler à moi, autant que ce soit Michel-Ange.

Ils trouvèrent la galerie, le *David*, et au bout d'un instant, Martin s'éclipsa discrètement. Il savait qu'elle avait besoin d'être seule. Elle ne l'avait jamais dit carrément, mais il le devinait.

Elle était venue à plusieurs reprises admirer le *David*. La fascination qu'exerçait sur elle cette statue, parmi tous les chefs-d'œuvre de Florence, était presque un cliché. Néanmoins elle ne fréquentait pas ce lieu dans l'unique but de s'instruire auprès du maître. Elle ne s'efforçait pas de mémoriser les détails de son travail. Plus elle observait, plus elle apprenait, en effet, mais c'était vrai pour la plupart des œuvres d'art. Ce qu'elle cherchait ici, dans l'alcôve de la galerie, sous la surveillance des gardiens qui maintenant la reconnaissaient et la saluaient, n'était pas seulement un enseignement.

Quand elle observait le *David*, elle pensait à elle-même. Au début, elle avait lutté contre cette association d'idées : quelle vanité de se comparer au grand *David*, le symbole de la perfection physique. Cependant cela n'était pas si absurde. David était superbement nu, mais dans son regard détaché, le fléchissement désinvolte de sa jambe, Claire voyait surtout l'acceptation de cette nudité : la conscience floue des atouts propres à la jeunesse — la beauté, la grâce et la force. Quelquefois, quand elle descendait de leur haut lit à baldaquin et, sur le parquet chauffé par le soleil, courait vers la salle de bains, Claire captait son reflet dans la psyché. La vision de son corps nu, pour imparfait qu'il fût, l'emplissait d'une joie semblable à celle que lui inspirait la statue de Michel-Ange.

Mais, par-dessus tout, le *David* lui rappelait évidemment Martin. Quand celui-ci la rejoignit dans la galerie, ce jour-là, il la retrouva comme toujours là où il l'avait laissée une demi-heure auparavant. Il était allé déjeuner, il avait mal essuyé le coin de sa bouche. Elle le contempla, lui prit le bras, glissa sa main sous la manche courte de sa chemisette en coton, toucha sa peau, ses muscles.

Sur le chemin du retour, ils ne s'arrêtèrent pas chez le marchand de glaces. Dès qu'ils furent dans leur chambre, à l'hôtel Paolo e Francesca, Claire poussa Martin vers le lit, le chevaucha, mue par un désir d'une violence inouïe qui, si elle y avait réfléchi, l'aurait peut-être effrayée. Aussi chassa-t-elle toute pensée de son esprit. Elle l'aima passionnément et, quand ce fut fini, qu'elle se blottit contre son compagnon, surpris et comblé, elle dit :

— Maintenant, ça suffit.

En Irlande, une voiture de l'hôtel les attendait à la gare de Galway. Trente minutes après, ils remontaient la longue allée, à travers champs, menant aux grilles de Thetford Castle, une vaste et paisible propriété.

Après les étroites ruelles pavées italiennes, Claire et Martin s'éprirent de la campagne irlandaise au cours de longues flâneries. À l'hôtel, Martin épluchait consciencieusement le menu du restaurant. À chaque repas, il choisissait une préparation différente du même poisson, le saumon qui pullulait à Thetford, comme les courgettes à Longwood Falls. Il était d'une fraîcheur exemplaire, pêché le matin même dans la petite rivière qui courait à travers le domaine. Martin le mangeait fumé, sur des toasts, avec des câpres et des oignons ; cuit au four avec une noix de beurre et quelques brins d'aneth ; en papillote, agrémenté de rondelles de tomates et de basilic.

Quant à Claire, même si les halls de Thetford Castle abritaient des armures de guerre et des croix fleuronnées, elle jugeait étrangement reposant de ne plus avoir à se demander si, derrière chaque porte, ne se dissimulait pas une collection de chefs-d'œuvre, entassés sans cérémonie comme des pains sur les rayonnages d'une boulangerie.

Le deuxième jour, Martin rassembla son courage pour se présenter au chef, un grand

Anglais aux cheveux couleur de sable — Duncan Lear —, à qui l'intrusion d'un client dans sa cuisine inspira d'abord une profonde méfiance. Néanmoins quand Martin évoqua leur amie commune, Nicole la Française, le visage de Duncan s'éclaira. Et quand Martin lui dit qu'il espérait ouvrir un jour son propre restaurant, son interlocuteur l'invita à visiter son royaume. Martin circula à pas lents au milieu des marmitons qui retiraient les arêtes des poissons, coupaient, tranchaient, remuaient des sauces, se reculaient d'un bond pour ne pas être ébouillantés par la vapeur qui s'échappait des casseroles, criaient aux serveurs que la commande était prête.

— La visite du chef, plaisanta Duncan, mais Martin ne daigna même pas esquisser un sourire poli.

Il était hypnotisé par les marmites de la taille d'un tub, accrochées au mur ; timidement, il effleura le cul noirci d'un chaudron utilisé pour mitonner Dieu sait quoi.

— Écoutez, lui dit Duncan, frappé par l'expression grave, extasiée de son hôte. Si vous voulez, vous n'avez qu'à revenir un de ces jours pour nous donner un coup de main. On a toujours besoin d'aide par ici ; c'est un véritable asile de fous. Combien de temps comptez-vous séjourner à l'hôtel ?

Martin haussa les épaules.

— Combien de temps dois-je rester ?

Duncan se mit à rire, puis reprit son sérieux.

— Vous savez, c'est un métier difficile. Il ne s'agit pas seulement de se distraire et de bien manger.

— Je le sais. Pour moi, cela n'a rien d'une lubie.

Duncan le dévisagea longuement.

— Eh bien, d'accord. Venez demain, mettons... après le déjeuner. Nous préparerons quelque chose ensemble pour le menu du soir.

Le lendemain en début d'après-midi, Martin, installé avec Claire à une table isolée, buvait café sur café, en attendant que les derniers clients déguerpissent. « Dépêchez-vous, bon sang », chuchotait-il, les yeux braqués vers l'élégant couple de Hollandais qui, à l'autre bout de la salle, se partageaient un énorme gâteau au chocolat. Par politesse, ou parce qu'ils souhaitaient faire durer le plaisir, ils dégustaient leur dessert par minuscules bouchées.

— Ils le font exprès, grommela Martin, si fort que Claire posa un doigt sur ses lèvres.

Quand enfin les amateurs de chocolat eurent terminé, signé leur note et levé le camp, Claire murmura :

— Voilà, ça y est.

— Souhaite-moi bonne chance.

— Tu n'en as pas besoin. D'ailleurs, que dit-on à un chef? « On ne fait pas d'omelette sans casser des œufs » ?

— Bien, bravo. Je ne penserai plus qu'à ça tout l'après-midi. Ton horrible plaisanterie va me hanter, me rester dans la bouche comme si j'avais ingurgité un aliment avarié. Si j'échoue lors de mon premier jour en tant qu'aide-cuisinier professionnel, quoique non rémunéré, ce sera ta faute.

Il se redressa et commença à s'éloigner.

— Martin ?

Pivotant sur ses talons, il la regarda.

— Bonne chance…

Il n'avait pas réalisé à quel point il faisait chaud dans les cuisines d'un restaurant. Les membres de la brigade ne semblaient pas particulièrement affectés par la chaleur, mais Martin, lui, ne cessait de s'éponger le front et le cou. Comme tous les fours étaient allumés en prévision du dîner, il était au bord de la suffocation.

— Ça va ? lui demanda Duncan.

Martin opina.

— Tant mieux, dit le chef, distrait par un serveur qui l'interrogeait depuis l'autre bout de l'immense salle rutilante. Eh bien, vous n'avez qu'à participer à la corvée de pluches.

Ladite corvée, qui méritait son nom, fut consacrée aux pommes de terre et aux ciboules. Des montagnes de ciboules aux bulbes allongés, aux feuilles fines pareilles à des mèches de cheveux verts. Les couteaux étincelaient ; quand l'un s'émoussait, on apportait la pierre à aiguiser, on y frottait la lame avec un bruit à vous faire grincer des dents. Naturellement, il fallut moins d'une heure pour qu'un couteau qu'on venait juste de passer sur l'aiguisoir n'entaille la main de Martin. Un incident banal pour les autres, mais qui alarma quelque peu le novice, car le sang jaillissait à flots de sa blessure. Pourquoi Claire n'était-elle pas là pour le soigner, comme le jour de leur rencontre dans le belvédère ? On lui tendit un pansement adhésif et, un moment plus tard, on lui présenta un nouveau tas de pommes de terre à éplucher.

Quand ce fut terminé, Duncan l'invita à le rejoindre dans une partie de la cuisine, près des réfrigérateurs, où régnait une température plus agréable. Ils s'assirent pour discuter des menus de la semaine. Duncan parla avec volubilité des différents plats, de la façon dont il élaborait ses choix. Martin l'écoutait religieusement ; jamais il n'avait été aussi attentif, même à Princeton, durant les cours.

— Et si vous composiez un dîner ? suggéra Duncan. Pensez au saumon, n'oubliez pas.

Encouragé, Martin exposa en bafouillant quelques idées nouvelles ; Duncan en rejeta certaines avec un ricanement dénué de méchanceté, d'autres lui plurent. Le lendemain soir, il en inscrirait deux au menu, décréta-t-il.

Martin était fou de joie, surexcité. Quand il regagna leur suite, tard dans la nuit, Claire dormait dans l'immense lit d'où l'on avait vue sur la pelouse. Elle se réveilla, plissa le nez.

— Ciboule ? marmotta-t-elle, et elle se rendormit.

Pendant trois journées et trois soirées, Martin travailla dans les cuisines de Thetford Castle. Penser que l'un de ses clients se tuait ainsi à la tâche donnait des sueurs froides au directeur de l'hôtel, mais Duncan Lear le rassura : M. Rayfiel était enchanté.

— Je devrais peut-être mettre tous les autres au travail, ironisa le directeur. Les femmes pourraient se charger du ménage.

Il n'essaya cependant pas de l'éloigner de l'office. Martin y fêta même ses vingt et un ans. Toute la brigade lui fit la surprise de se réunir autour de lui, alors qu'il surveillait une fricassée de poulet, pour entonner en chœur « Joyeux anniversaire ».

Pendant qu'il poursuivait son apprentissage, Claire, munie d'un bloc de papier, explora le domaine jusqu'à ce qu'elle trouve un modèle à dessiner, avec l'intention de s'en servir plus tard pour une sculpture : en l'occurrence un vieux cheval en train de s'abreuver. Elle revint chaque jour au même endroit et ébaucha moult croquis.

Le fusain acheté en Italie était tellement usé qu'il n'en restait que des miettes qui lui noircissaient les doigts.

Elle devait absolument s'en procurer un autre ; peut-être le réceptionniste lui indiquerait-il un magasin qui en vendait. Elle se redressa et retourna vers le château. Alentour régnait un bienheureux silence. Quand elle déboucha dans la prairie centrale, elle distingua un homme, au loin. Martin. Claire fut d'abord étonnée qu'il ait quitté les cuisines. Puis, comme elle l'observait plus attentivement, l'inquiétude la saisit. Il y avait en lui quelque chose d'inhabituel — la voussure des épaules, l'inclinaison de la tête. À l'évidence, il faisait les cent pas. Claire agita la main, mais il ne parut pas s'en apercevoir.

Quand elle pénétra dans leur chambre, il était assis sur le bord du lit. Il leva son visage vers Claire, et elle lut dans son regard une expression qu'elle n'y avait encore jamais vue.

— Tu vas bien ? demanda-t-elle.

Elle connaissait déjà la réponse. Mais, dans de pareilles circonstances, les gens posaient invariablement des questions inutiles. Comment s'en empêcher ?

Il demeura un long moment silencieux, avant de dire :

— J'ai de mauvaises nouvelles à t'annoncer. Je ne vais pas tourner autour du pot. Nous sommes fauchés comme les blés.

— Oh…, murmura-t-elle en se blottissant contre lui, sans saisir pleinement le sens de ses paroles. Tu veux bien m'expliquer ? Je ne comprends pas.

— C'est tout simple. Mon héritage… parti, envolé. Je n'ai plus rien.

Cette fois, ses paroles s'imprimèrent dans le cerveau de Claire. Martin lui expliqua que, comme il avait à présent vingt et un ans, il avait eu envie de lui faire une surprise. Il s'était rendu à la banque de Cong, la ville située de l'autre côté du domaine, pour débloquer les fonds.

Il se tut, l'air désespéré. Claire lui prit la main.

— Mais c'est impossible, voyons.

— Avec mon père, rien n'est impossible.

— Je ne te suis pas. Cet argent t'appartient, n'est-ce pas ?

— Oui. Enfin… il m'appartenait.

— Donc il ne peut pas te spolier.

— Claire, *il l'a fait.*

— Mais c'est impossible…

— Tu veux bien arrêter de répéter que c'est impossible ? coupa Martin. C'est manifestement possible, puisque cela s'est produit !

Jamais encore Martin n'avait élevé la voix. Découvrir que leur situation avait radicalement changé retentissait sur leur relation, ils ne supportaient même plus de se toucher. Claire lui lâcha la main.

— D'accord, murmura-t-elle. Ce n'est pas impossible. C'est illégal.

— Et immoral aussi, rétorqua-t-il sur le même ton. Seulement je doute que mon père s'en soucie.

— Il y a forcément un recours contre cette injustice, non ?

Elle avait grandi dans la certitude qu'un problème avait toujours une solution. Si une amie vous causait de la peine, on la fréquentait moins. Si on n'était pas très doué pour les mathématiques, on redoublait d'efforts pour obtenir de meilleures notes. Quelle naïveté ! Elle s'en rendait compte à présent et se sentait gênée. L'univers d'Ash Rayfiel, où l'argent régnait en maître, où les pères et les fils se haïssaient, dépassait son entendement.

— Sans doute, répondit Martin. Je pourrais le poursuivre en justice, je suppose. Le dénoncer à la police. Je ne le ferai pas.

— Que feras-tu, alors ?

— Rien.

Claire croisa les jambes, joignit les mains dans son giron.

— Est-ce la meilleure réaction ? rétorqua-t-elle d'un ton pincé qui lui rappela sa mère.

— La plus sage, à mon avis.

— Je constate que tu as déjà réfléchi à la question.

— Oui, en rentrant de Cong. J'ai marché lentement, j'ai eu tout le temps de méditer.

— Je t'ai vu. J'ai essayé d'attirer ton attention.

— Vraiment ? Je ne t'ai pas remarquée. Je devais contempler le lac. Je me demandais ce que cela ferait de ne plus le voir.

Il leur fallait maintenant se rapprocher l'un de l'autre. Martin avait rabroué Claire, c'était à lui de prendre la main de sa compagne, en tout cas d'ébaucher le geste. Claire, pour sa part, savait que Martin n'avouerait pas ce qu'il pensait profondément à propos de l'argent — de la perte de son héritage — à moins qu'elle n'aborde le sujet.

Il saisit la main de Claire qui la pressa et déclara avec calme :

— En réalité, l'argent n'a pas d'importance.

Elle attendit une réponse, puis se leva et s'approcha de la fenêtre. Elle contempla le *lough*[1] Corrib, ce lac que dominait un château, en Irlande, où elle avait dormi avec son compagnon, qu'elle avait dessiné et que — Martin avait raison — ils ne reverraient peut-être plus jamais. Ils n'avaient que vingt et un ans. Étaient-ils condamnés à quitter tous les lieux qu'ils aimaient, à entamer d'ores et déjà la litanie des adieux ?

— Plus de boutiques de luxe, dit Martin, derrière elle. Plus de départs sur un coup de tête. Plus de tailleurs Chanel vert pomme.

1. *Lough :* lac, en Irlande *(N.d.T.)*.

— Je n'ai jamais eu besoin de tout ça. Et, de plus, c'est toi qui as tenu à acheter ce tailleur ridicule. Tu as insisté.

— Je l'admets. Seulement… comment pourras-tu retrouver ta vie d'avant sans m'en vouloir un peu ? Non pas de n'avoir plus de fortune, mais de t'avoir montré tout ce qu'elle permet d'accomplir.

Elle eut un rire de gorge.

— Quand je commençais à m'apitoyer sur mon sort, ma mère me disait : « Oh, revoilà le pauvre petit Moi. Qui l'a invité chez nous, Claire ? Serait-ce toi, par hasard ? Rentre chez toi, pauvre petit Moi, rentre vite. »

— En tout cas, nous ne serons pas pauvres. Nous serons simplement… *normaux*. Des gens qui travaillent, qui ont un loyer à payer.

— Je m'en accommoderai. Il me semble, figure-toi, que ce sera mieux ainsi. Tu ne crois pas que, sinon, nous serions devenus blasés — exécrables ? Et, au fond de notre cœur, nous nous serions toujours demandé : est-ce bien nous qui avons accompli tout cela ? Est-ce bien moi qui ai ouvert ce restaurant ? Est-ce moi qui ai réalisé cette sculpture, qui l'ai vendue à cette galerie ? Ou est-ce, en réalité, l'argent d'Ash Rayfiel ?

— Maintenant, nous saurons.

— Oui, murmura-t-elle, maintenant nous saurons.

À leur manière, le domaine de Thetford Castle et la commune voisine de Cong étaient aussi étriqués que Longwood Falls, voire plus. Les nouvelles y circulaient à toute allure, le secret n'y existait pas. Lorsque Martin se présenta à la réception, le soir, et exprima le désir de s'entretenir avec le directeur, le concierge, d'ordinaire obséquieux, baissa le nez et marmonna une vague réponse. Plus personne n'ignorait que les Américains étaient à sec, qu'il leur fallait décamper. Martin, impassible, régla la note.

Le lendemain matin, alors qu'il descendait les bagages pour les ranger dans la voiture qui devait les ramener à Galway, Duncan Lear — déjà vêtu de sa tenue blanche en prévision d'une nouvelle journée dans les immenses cuisines surchauffées — vint à sa rencontre.

— Excusez-moi, j'ai appris que vous nous quittiez. Attendez, je vous donne un coup de main, ajouta-t-il en empoignant l'un des sacs.

Quand les deux hommes eurent chargé le coffre de l'automobile, Duncan entraîna Martin à l'écart, derrière la fontaine de pierre figurant une sirène. De là, personne ne risquait de les entendre, néanmoins Duncan jeta des regards anxieux alentour.

— Je ne l'ai pas annoncé officiellement, que cela reste donc entre nous. Mais j'ai l'intention de démissionner la semaine prochaine. On m'a offert un poste dans un restaurant londonien. Le propriétaire, qui fait partie de mes relations, l'a ouvert l'année dernière, or son établissement ne parvient pas à décoller vraiment. Il est pourtant dans un quartier chic, Kensington. Vous connaissez ?

Martin opina. De nombreuses années auparavant, ses parents et lui avaient séjourné dans un hôtel de Kensington. Il se souvenait fort bien du livre, *Peter Pan in Kensington Gardens*[1], qu'il avait lu à son retour de voyage. Cette partie de Londres était magnifique, les jardins luxuriants.

— Que diriez-vous de me suivre et de travailler pour moi ? Je dois constituer une équipe sans tarder. J'espère que vous n'êtes pas offensé. En apprenant ce qui vous arrivait, j'ai eu envie de vous aider. (Duncan s'interrompit.) Vous êtes doué, je pense que vous avez un avenir dans la cuisine. Si vous le voulez vraiment, et à condition de continuer à vous faire la main.

Ainsi donc, alors qu'ils craignaient de quitter le château comme des âmes en peine, sans savoir où aller, ils partirent avec, en poche, une proposition ferme. Le salaire ne serait pas mirobolant, Duncan les avait prévenus, cependant ils disposeraient d'un petit appartement au-dessus du restaurant,

---

1. Roman de James Barrie, « Peter Pan dans les jardins de Kensington ». La statue de Peter Pan se trouve précisément dans les anciens jardins du palais de Kensington, ouverts au public en 1841 *(N.d.T.)*.

pour un loyer très raisonnable dans un quartier où le moindre logement coûtait un prix fou.

À Londres, ils passèrent quelques nuits dans un hôtel bon marché ; la semaine suivante, sitôt que Duncan débarqua dans la capitale, Martin fit ses débuts professionnels. Le restaurant, connu par son adresse — 17 Dobson Mews[1] —, était petit mais charmant, ses cuisines équipées de plans de travail en inox, d'un superbe piano et d'un stock d'ingrédients de premier choix.

Martin travaillait dur pour seconder Duncan et, le soir, Claire et lui regagnaient leur appartement à l'étage. On le leur avait loué meublé de bric et de broc. Il comportait un salon banal, pourvu d'un divan défoncé, marron, et de fauteuils assortis, une minuscule salle de bains d'une sobriété exemplaire. Le seul meuble à leur goût était le lit bateau en teck noir. Néanmoins leur logis possédait un atout majeur : une grande pièce, sur l'arrière, inondée de soleil. Claire pourrait en faire un atelier, suggéra Martin une nuit, alors qu'ils étaient couchés.

— Du moins pour le moment, ajouta-t-il. Quand nous aurons des enfants, je crains que tu ne doives leur céder la place.

— Des enfants ? Nous ne sommes même pas mariés.

1. *Mews* : impasse, ruelle sur laquelle donnaient autrefois des écuries *(N.d.T.)*.

Il se tourna vers elle dans le lit bateau qui grinça sous leur poids. Ce lit aurait pu s'élever du sol et les emmener n'importe où ; il semblait magique. Non, rectifia Martin, c'était leur vie qui était magique. Le sort le comblait de bienfaits : Claire était auprès de lui, il exerçait le métier qu'il aimait, dans une ville qu'ils n'avaient pas encore explorée. Mais surtout, ils étaient enfin installés. Tout commençait. Plus d'horaires de train à vérifier, de registres d'hôtel à signer. Ils ne se demanderaient plus où ils allaient dîner le soir. Ils avaient un toit, ils en feraient leur nid, auquel ils s'attacheraient, où ils seraient pressés de rentrer.

— Je crois, dit-il doucement, que nous devrions envisager de nous marier. N'est-ce pas ?

Chacun d'eux pensait toujours au mariage, évidemment, mais ils avaient voyagé sans cesse, séjourné dans des villes inconnues. Se marier n'eût pas été naturel, en quelque sorte. À présent ils étaient ici, dans leur petit appartement, Martin accomplissait son rêve, Claire étudiait l'art à la Tate Gallery avec un merveilleux professeur bourré de tics, tous deux partaient de zéro. Ils se marieraient dans quelques semaines, décidèrent-ils.

Lorsqu'ils abordèrent le sujet avec Duncan, celui-ci tint absolument à ce que le repas de noce se déroule au restaurant.

— Invitez qui vous voulez, déclara-t-il, royal.

— Mais nous ne connaissons personne à Londres, objecta Claire.

— Eh bien alors, invitez-moi, dit Duncan.

Cette nuit-là, après une longue journée de travail, Claire s'exclama soudain :

— Oh, mon Dieu !

— Qu'y a-t-il ?

— Je viens juste de réaliser que nos enfants auront l'accent british.

Claire n'était pas habituée à ce qu'on sonne chez eux. Comme ils avaient très peu d'amis, personne n'appuyait sur le bouton de métal vert fixé au chambranle de leur porte. Une fois, un homme qui venait livrer des œufs au restaurant s'était par mégarde fourvoyé à l'étage. Depuis, plus rien.

Aussi, quand la sonnette retentit un matin — ils étaient installés au 17 Dobson Mews depuis deux semaines —, Claire sursauta. Elle était en train de dessiner l'ébauche d'une sculpture qu'elle comptait réaliser l'après-midi, durant son cours à la Tate.

Le bruit était strident, hostile, insistant.

Elle alla ouvrir. Un messager de la Western Union, planté sur le seuil, ânonna son nom et lui tendit une enveloppe. Le télégramme était rédigé ainsi : MAMAN TRÈS MALADE STOP REVIENS STOP MARGARET.

Elle sentit ses entrailles se tordre, et une brutale panique la submergea. Elle avait peu pensé à sa mère et à son père, or maintenant… voilà ce qui arrivait. Depuis qu'elle était en Europe, elle avait régulièrement envoyé à la maison les adresses où l'on pouvait la joindre en cas d'urgence, cependant elle l'avait fait machinalement, par devoir. Mais quiconque vivait à l'étranger pour une période indéterminée, voire pour toujours, était tôt ou tard confronté à ce genre d'événement. Il lui fallait retourner aux États-Unis dès le lendemain, puiser dans leurs économies pour payer le billet.

Tel un automate, Claire descendit l'escalier pour gagner le restaurant. Martin et trois de ses collègues étaient assis à une table, dans les cuisines. Ils équeutaient des haricots verts.

Elle lui montra le télégramme.

— Le mariage… Nous serons forcés d'attendre un peu.

— Ça n'a pas d'importance, dit-il.

— Si, ça en a.

— Cette mauvaise nouvelle me désole, Claire. Je devrais venir avec toi. Je devrais être à tes côtés.

— Non, tu ne peux pas partir. Si j'ai besoin de toi, je te demanderai de me rejoindre. Promis.

— Claire…

— Tu es très gentil de vouloir m'accompagner, je t'en remercie. Mais je serai de retour avant que tu t'aperçoives de mon absence. Mon

Dieu… toute ma vie est ici. Tu es ici. Nos futurs enfants, avec leur accent british, sont ici. *Je* suis ici.

Elle effleura la bavette empesée du tablier blanc de Martin.

— Oui, je suis *ici*…

Claire quitta Londres par un matin pluvieux d'automne. Quelques instants après le décollage, les nuages lui cachèrent la ville qu'elle commençait tout juste à connaître. Elle contempla les gouttelettes d'eau qui glissaient sur la face extérieure du hublot et semblaient défier les lois de la pesanteur. La pluie ruisselait de bas en haut. Jamais elle n'avait observé pareil phénomène. Elle n'imaginait pas non plus ce qui l'attendait dans la maison de Badger Street. À plusieurs reprises elle avait essayé de se représenter ce qu'elle trouverait là-bas. En vain. Elle n'en avait pas la moindre idée, son esprit était complètement vide. Et le télégramme ne l'aidait pas. *Très malade*, avait écrit sa sœur. Qu'est-ce que cela signifiait exactement ? Inutile d'échafauder des hypothèses. De même, quand elle pensait à Longwood Falls, aucune image ne lui venait. Elle voyait seulement ce qu'elle avait laissé à Londres.

Claire appuya le front contre le hublot, le regard perdu dans le brouillard. Rentre chez toi, pauvre petit Moi, rentre vite.

7

1er décembre 1952

Martin,

J'ai remarqué hier que le toit de la gloriette était festonné de glaçons. Plus personne ne vient s'y asseoir, il fait trop froid. Nous restons calfeutrés dans nos maisons, et je suppose que les autres ne sont pas mécontents. Mais moi, je supporte abominablement MAL de ne pas être avec toi.

La semaine dernière, ma mère est passée sur le billard. On lui a retiré une tumeur (cancéreuse, nous a expliqué le chirurgien, quoiqu'il considère l'opération comme un succès). Maintenant elle est très affaiblie, elle souffre, cela m'effraie de la voir dans cet état. Le médecin m'a dit qu'elle se remettrait peut-être d'aplomb en « trois coups de cuiller à pot » — ha, ha ! (il était enchanté de cette expression, comme s'il était le premier à l'utiliser) — et qu'elle aurait besoin de soins constants. J'ai promis de m'occuper d'elle.

La plupart du temps, je reste à son chevet pour lui faire la lecture (elle aime les poèmes d'Edna Saint Vincent Millay, surtout : « Ma chandelle brûle par les deux bouts… »). Sinon, je lui prépare du bouillon de viande ou des œufs mollets — hélas je ne suis pas un cordon-bleu, ce serait bien plus appétissant si tu étais aux fourneaux — et je l'oblige à prendre les antalgiques que le docteur lui a prescrits.

Je veille aussi sur mon père ; il est angoissé, complètement perdu. Ce matin, quand il est parti travailler, il portait encore sa veste de pyjama rayé, j'ai dû le rappeler pour qu'il s'habille. Je regrette seulement d'avoir été absente lorsque ma mère est tombée malade, j'avoue que je me sens terriblement coupable. Nous étions heureux, insouciants, absorbés par notre petite vie londonienne, pendant que le cancer rongeait maman.

Ma sœur Margaret vient m'aider chaque fois qu'elle le peut, mais ses jumeaux n'ont que quatre mois, et il lui est quasiment impossible de les laisser. Quand l'un des bébés dort, l'autre s'époumonne, à en devenir rouge comme une tomate. (Rappelle-moi, Martin, quand nous aurons nos enfants, de demander à Dieu de nous les donner un par un, pas tous à la fois. D'accord ?)

Tu me manques à chaque instant. Écris-moi, s'il te plaît, raconte-moi comment ça marche, au 17 Dobson Mews. As-tu déjà appris à confectionner des scones dignes de ce nom ? Il paraît que pour obtenir la citoyenneté britannique, c'est indispensable. Je t'aime.

Claire

14 décembre 1952

Claire chérie,

Je suis très triste d'apprendre que ta mère est si souffrante. Je lui expédierais volontiers de la crème anglaise, malheureusement je crains qu'elle ne supporte pas le voyage. Je sais que tu vis des moments pénibles, et je tiens à te dire que tu es, pour tes parents, une fille MERVEILLEUSE !!! (oui, avec trois points d'exclamation). Ne te culpabilise pas, je t'en prie. Tu ne pouvais pas deviner qu'elle allait tomber malade. Et sa maladie n'est pas due à notre départ pour l'Europe…

Je suis d'accord pour que nous ayons nos enfants l'un après l'autre, mais s'ils devaient naître tous ensemble, comme une portée d'adorables petits cochons roses, je ne serais pas trop accablé. Le 17 D.M. marche mieux que jamais, figure-toi. J'ai l'impression que ce restaurant est enchanté. Les gens du quartier parlent tous, à ce qu'il paraît, de « l'Américain » (moi) qui prépare des « spécialités américaines » — la tarte aux pommes et le gratin de macaronis —, mais aussi des mets européens plus élaborés et difficiles à réussir. L'autre soir, nous avons refusé des clients, la salle était bondée. Nous avons fini de ranger vers trois heures du matin, néanmoins personne ne s'est plaint ; quand le succès vous porte, on oublie la fatigue. Duncan et le reste du personnel t'envoient leur amour. (Non, je me trompe : leur bonjour.) C'est moi qui t'envoie tout mon amour…

Martin

Abby reposa les lettres, s'adossa à son siège et ferma les yeux. Elle avait déjà écouté deux cassettes et commencé à fouiner parmi les photographies prises en Europe : Martin et Claire s'embrassant au pied de la Tour Eiffel, posant devant les Offices, encadrant un garde impassible devant Buckingham Palace, enlacés sur le perron d'un imposant château irlandais aux pierres moussues. Il y avait aussi leur correspondance — des quantités de lettres où ils racontaient leur existence quotidienne. Abby aurait voulu que Claire ne reçoive jamais ce télégramme, que leur mariage se soit déroulé comme prévu au 17 Dobson Mews, qu'ils aient pu rester ensemble à Londres, se retrouver chaque nuit dans leur lit bateau. Mais la vie respectait rarement les plans, les projets que les humains échafaudaient. Claire avait embarqué à bord d'un avion pour Paris en 1952. Abby avait mis au monde son bébé en 1992. Chacune, à sa manière, était partie.

Et puis, brusquement, elles avaient rebroussé chemin. Quand Abby avait pris le train pour Longwood Falls, afin d'assister aux obsèques de son père, elle ignorait qu'elle rentrait à la maison pour de bon. Si son père l'avait éduquée dans ce sens, s'il avait espéré qu'elle lui succède à la direction du journal, peut-être aurait-il été plus facile de repartir. Mais son père n'avait jamais attendu cela d'elle. Il semblait apprécier qu'elle fût différente de lui, qu'elle eût ses propres centres d'intérêt, une vie intérieure riche et complexe. Quand il amenait à la maison des amis ou des relations, que ces gens la saluaient et lui demandaient s'ils avaient le plaisir de rencontrer la future rédactrice en chef du *Ledger*, le père d'Abby intervenait toujours. « Je crois qu'elle deviendra plutôt une fille de la ville », disait-il. Le moment venu, le choix appartiendrait à Abby. Et, au bout du chemin, la question s'était posée en ces termes : demeurer à Longwood Falls ou laisser l'œuvre de son père, à laquelle il s'était totalement consacré, mourir avec lui.

Alors qu'Abby hésitait, sa mère ne lui avait pas indiqué la voie à suivre. En réalité, Helen Reston avait refusé d'exprimer son opinion. Cependant, lorsque Abby avait annoncé, le lendemain de l'enterrement, qu'elle comptait reprendre le journal, sa mère avait paru respirer plus aisément, comme si l'idée qu'une part de son époux survivrait la soulageait d'un énorme fardeau.

Abby s'interrogeait, pourtant : qu'est-ce que ses parents représentaient l'un pour l'autre ? À l'époque où elle se figurait qu'elle s'installerait un jour avec Sam Bachman, qu'ils vieilliraient ensemble, elle était persuadée d'avoir trouvé ce que sa mère n'avait pas eu : un compagnon qui ne craignait pas de dire des mots d'amour. Mais quand Abby était tombée enceinte, que Sam avait disparu, elle avait mesuré son erreur.

À présent, même si un homme se déclarait prêt à découvrir ce que pouvait être la vie au côté d'une mère célibataire de trente-cinq ans, Abby ne supporterait pas de tout recommencer, ou plus exactement de se retrouver à nouveau seule — après s'être donnée corps et âme à quelqu'un.

Un week-end, alors qu'elles habitaient encore New York, Miranda avait fait une terrible poussée de fièvre. Elle était prostrée. Abby l'avait enveloppée dans une couverture et emmenée chez le pédiatre de garde, un jeune médecin aux cheveux ébouriffés qu'elle ne connaissait pas. Nick Kelleher avait prescrit un antibiotique, calmé avec beaucoup de gentillesse la mère et l'enfant. Le lundi, il avait téléphoné pour prendre des nouvelles de Miranda. Il avait continué à appeler, d'abord à New York, puis à Longwood Falls, pour bavarder un moment, proposer de leur rendre visite, disant qu'il avait parfois deux ou trois jours de liberté et que les paysages de la région lui plaisaient énormément — existait-il un hôtel correct dans le coin où il pourrait séjourner ? Bien évidemment, Abby avait toujours une excuse inattaquable pour ne pas le voir, et s'étonnait qu'il ne se décourage pas. Elle se comportait de façon injuste, il n'y avait vraiment pas de quoi se vanter. Mais elle ne pouvait pas faire autrement.

Elle s'accouda sur le bureau, se frotta les yeux. Puis elle se servit un autre verre de vin et tendit la main vers le lecteur de cassettes, curieuse de savoir comment Claire, elle, avait vécu son retour à Longwood Falls.

Claire s'était réinstallée dans la maison de Badger Street, mais pas dans son ancienne chambre de jeune fille. Cette pièce était désormais réservée à sa mère qui ne pouvait plus partager le lit conjugal, car elle se tournait et se retournait pendant des heures sans trouver le sommeil. Claire dormait sur un lit pliant dans le salon. Dès qu'elle entendait la malade gémir, elle courait lui apporter un comprimé et passait un gant de toilette humide sur le visage en sueur de Maureen Swift.

Au début, quand elle était rentrée d'Europe, sa mère n'avait pas caché sa stupéfaction.

— Que croyais-tu ? lui avait dit Claire. Lorsque j'ai reçu le télégramme de Margaret, je ne pouvais quand même pas rester en Angleterre. Il fallait que je revienne.

— J'avais pourtant recommandé à Margaret de ne pas te déranger, avait rétorqué sa mère d'une voix sourde, un peu froide. Vous avez votre vie, Martin et toi, ainsi que tu le voulais.

Ces mots étaient blessants, même s'ils n'étaient pas dits avec méchanceté. Claire elle-même les avait écrits dans la lettre laissée à ses parents, sur la table de la cuisine, le jour de son départ. Elle avait vingt ans, expliquait-elle, et la volonté de bâtir sa propre existence. À présent néanmoins, à cause de la maladie, la situation était totalement différente et beaucoup plus complexe. Claire avait certes une vie qui l'attendait à Londres, mais qu'elle ne retrouverait pas tout de suite. Elle désirait par-dessus tout être auprès de Martin — elle ne pensait qu'à cela, malgré ses soucis —, hélas elle n'avait pas le choix. En dépit des tensions, Claire veillerait sur sa mère, comme cette dernière avait pris soin de Claire dans sa petite enfance.

Les semaines passant, Maureen Swift jouissait parfois de quelques heures de répit. Claire en profitait pour la distraire, lui proposait de jouer aux cartes. Les deux femmes s'asseyaient dans la cuisine et disputaient des parties de rami étonnamment animées. Claire branchait la radio sur une station de musique de variétés, les mélodies s'élevaient telle une brise rafraîchissante. La mère et la fille discutaient, elles qui avaient toujours eu du mal à dialoguer. Claire — c'était plus fort qu'elle — parlait sans cesse de Martin.

— Il m'est difficile d'approuver, marmonnait Maureen Swift. Partir ensemble, comme ça, sans être mariés... S'il te plaît, ne me demande pas ma bénédiction.

— Je ne te la demande pas. Si cela peut te rassurer, nous comptons nous marier. Dès mon retour à Londres.

À ces mots Maureen pâlit, et Claire se reprocha son manque de sensibilité. Sa mère ne supportait évidemment pas qu'elle s'en aille, elle voulait la voir rester dans sa ville natale, même si elle ne l'avouait pas.

— Je ne m'enfuis pas, expliqua Claire. Je repars là-bas pour être avec lui. Nous nous sentons chez nous en Angleterre. Martin a un travail qui le comble de bonheur — il exerce le métier dont il a toujours rêvé, il n'en revient pas d'avoir tant de chance. Nous habitons un petit appartement au-dessus du restaurant, avec une pièce ensoleillée où je peux sculpter. J'étudie à la Tate Gallery, avec un professeur formidable, M. Paley. Un jour, à la fin du cours, il m'a complimentée. D'après lui, j'ai un réel talent.

Sa mère détourna son visage crispé ; elle souffrait à nouveau, d'une douleur qui n'était pas uniquement physique.

— Dieu sait que ce n'est pas l'existence que j'aurais choisie pour toi, mais puisque le sort en a décidé autrement, je dois te dire une chose : je suis contente que ce garçon te rende heureuse. Seulement… tu es sûre de souhaiter vivre si loin de chez nous ?

— Non, répondit Claire après un long silence, je n'en suis pas certaine.

Elles se turent, poursuivant leur partie de rami tout en sirotant le cidre chaud que Claire avait préparé d'après une recette de Martin. La petite cuisine embaumait le clou de girofle et l'écorce d'orange confite, un parfum qui adoucissait quelque peu la dure réalité. Maureen reposa ses cartes.

— Je sais pourquoi tu es partie avec lui. Au début, je n'ai pas compris, mais maintenant je sais.

— Ah oui ? balbutia Claire.

— Je pensais que tu cherchais à nous fuir. À t'éloigner de notre famille, parce que nous n'avons pas beaucoup d'argent, ni grand-chose à t'offrir. Je présume que j'étais blessée dans mes sentiments de mère, jalouse que tu l'aies préféré à nous.

Maureen prit une inspiration, en proie à un nouvel accès de douleur.

— Mais à présent je te regarde, et je vois que

tu es différente. Tu es partie avec lui pour avoir la possibilité de changer. Tu n'aurais pas pu t'épanouir en restant ici. Ta sœur Margaret a été heureuse d'épouser Danny Benton, d'emménager dans une maison du quartier, de travailler comme réceptionniste dans un cabinet médical, d'avoir ses adorables jumeaux. Tandis que toi... ce n'était pas le chemin que tu désirais suivre, n'est-ce pas ?

— Non, en effet.

— Cela ne me plaira jamais, n'empêche que tu l'as fait, et aujourd'hui tu es différente. Que puis-je y trouver à redire ?

Sa mère avait raison : Claire était différente. Le phénomène s'était produit lentement, à son insu, elle avait changé à force de dormir auprès de Martin, de faire l'amour avec lui. Le plaisir charnel avait joué un rôle dans cette métamorphose, assurément, car durant les mois passés en Europe, elle avait pour la première fois connu un véritable sentiment d'intimité. Dans le lit bateau de leur logement de Kensington, ce sentiment était devenu encore plus intense.

Mais il y avait autre chose. La bulle qu'ils s'étaient créée, où ils étaient seuls la nuit, ensemble, avait aussi englobé tout leur quotidien. Au fond, ils avaient peu de besoins. Ils avaient mené la grande vie dans les meilleurs hôtels et restaurants d'Europe, ensuite ils avaient vécu plus modestement dans un appartement londonien, cependant le manque d'argent ne modifiait rien, en réalité. Claire ne regrettait pas le luxe dont ils avaient profité lors de leur arrivée sur le continent européen, les draps de bain moelleux, les tasses en porcelaine des petits déjeuners, le pas feutré des femmes de chambre. Pour être franche, elle commençait à se lasser. Même sans un sou, elle pouvait ouvrir son cœur à Martin, être libre. À Longwood Falls, tout au long de son enfance et de sa jeunesse, jamais elle n'avait goûté à la liberté.

3 janvier 1953

Martin chéri,

La Saint-Sylvestre est passée et je m'en suis à peine rendu compte. J'espérais que ma mère serait rétablie pour la nouvelle année, mais ce n'est pas le cas. Le médecin est inquiet, hier nous sommes tous allés à l'hôpital d'Albany pour des examens complémentaires. Je te tiendrai au courant des résultats. J'aimerais pouvoir barrer les jours sur le calendrier, malheureusement j'ignore combien de temps il nous faudra attendre avant de nous retrouver. Ton odeur, le timbre de ta voix sont gravés en moi. Quelquefois je me réveille dans mon petit lit pliant, au salon, je me demande où je suis, l'espace d'une seconde il me semble que tu es à mon côté. Mais tu n'es pas là.

Claire

15 janvier 1953

Claire chérie,

Je suis vraiment navré d'apprendre que la situation ne s'améliore pas. Je croise les doigts pour ta mère. Aujourd'hui j'ai confectionné un gâteau à la vanille si onctueux, si parfumé qu'il m'a rappelé ton corps (j'espère que tu ne rougis pas). Inutile hélas de t'en garder une part, je ne pense pas que tu me rejoindras cette semaine.

Duncan m'a demandé si je pourrais envisager de rester ici définitivement, de lui succéder aux fourneaux quand il partira, ce qui, m'a-t-il laissé entendre, risque de se produire bientôt. Il a le projet d'ouvrir un autre restaurant — plus grand et plus simple — dans le sud-ouest de l'Angleterre, peut-être à Exeter. Je lui ai répondu que je devais d'abord en discuter avec toi. Crois-tu que Londres est une ville où nous pourrions vivre heureux jusqu'à la fin de nos jours ? La pièce de derrière, dans l'appartement, attend que tu reviennes y travailler; nous nous rendrions en France, en Espagne et en Italie chaque fois que tu aurais besoin d'une bonne dose de ce *David* nu comme un ver qui t'excite tellement... Réfléchis-y quand tu auras un moment, mon cœur. Je prie pour que les résultats des examens soient bons. Je t'aime.

Martin

17 janvier 1953

Martin chéri,

J'ai décidé de t'écrire avant d'avoir reçu ta réponse à ma dernière lettre. Aujourd'hui, il fallait que je te raconte ce qui se passe ici. Nous avons les résultats, ils sont mauvais. Le cancer flambe, il n'y a plus rien à faire pour ma mère. Le médecin nous a déclaré qu'il s'efforcerait de la soulager, autrement dit il la bourre de morphine. Elle n'est plus elle-même, elle est entrée dans un autre monde, une sorte de rêve étrange. Penser que je ne la retrouverai plus telle que je la connaissais, qu'il n'existe aucun moyen d'améliorer son état m'emplit d'une indicible tristesse. Mon pauvre père ne sait plus que faire. Il reste assis près d'elle, il lui parle doucement de ce qu'ils ont vécu autrefois, quand ils étaient jeunes. Quand il a la certitude qu'elle s'est endormie, il se met à pleurer.

JE T'EN PRIE, ne commets pas la folie de venir. Tu es trop occupé au restaurant, et je te signale que nous n'avons pas de quoi nous payer l'avion. De plus, crois-moi, je vais bien.

Claire

CLAIRE STOP JE PRENDS L'AVION IMMÉDIATEMENT MALGRÉ TON INTERDICTION STOP RENDEZ-VOUS DEMAIN MATIN À LA GLORIETTE STOP MARTIN.

Martin arriva fripé et mal rasé, après l'interminable traversée en avion puis le long trajet en train depuis New York. Mais il ne se souciait pas de son apparence. Les gens de Longwood Falls l'avaient toujours pris pour un fou, maintenant au moins il en avait l'air.

Il traversa la ville, en proie à une impression d'étrangeté. Était-il possible que Longwood Falls eût rétréci au fil des mois, ou bien était-ce le fait d'avoir visité plusieurs pays d'Europe qui lui donnait la sensation d'évoluer dans un village en miniature ? La nostalgie l'étreignit, quoique ce sentiment fût essentiellement lié à Claire ; Longwood Falls avait joué un rôle si important dans leur relation. Martin se disait : voilà le chemin où nous nous promenions, la route qui menait à notre motel, l'arbre sous lequel nous aimions nous asseoir. Et voilà notre gloriette.

Claire l'y attendait. Cette fois, elle ne souriait pas. Une expression tendue, indéchiffrable, était peinte sur son visage. Elle se leva lorsqu'il monta les marches du pavillon.

— Je t'avais demandé de ne pas venir.

— J'ai dû oublier. Et d'ailleurs, comment aurais-je pu te laisser ici toute seule ?

— Mais, le restaurant…

— Oh, qu'il aille au diable. Ce n'est pas le problème.

Claire le contempla d'un air las. Il savait qu'elle ne dormait pratiquement plus, qu'elle passait tout son temps à veiller sur sa mère, son père, à tenir la maison.

— Je suis capable de me débrouiller seule, Martin. Je n'ai pas besoin qu'on me dorlote.

— Bien sûr que si. Tout le monde en a besoin, à certains moments.

— Non, insista-t-elle. Pour l'instant, c'est moi qui m'occupe des autres. Ma mère, elle, a vraiment *besoin* de moi. Je me suis mise à sa disposition, et à celle de mon père.

— Je ne m'imposerai pas, rétorqua-t-il d'une voix douce. Je veux juste essayer de te faciliter les choses, si possible. Je t'en prie, permets-moi de t'aider un peu.

Il s'approcha et ouvrit les bras. Claire hésita une fraction de seconde, puis s'avança vers lui, comme s'ils s'apprêtaient à danser.

— Dis donc, tu ne sens pas très bon. Et tu as les joues qui piquent.

— Je prendrai un bain et je me raserai. Je suis descendu au Lookout — chambre 26, bien sûr. Mais d'abord, puis-je t'accompagner chez tes parents ?

Elle se recula pour le dévisager à nouveau.

— Je doute qu'ils aient envie de te voir, Martin. Ils ne te considèrent pas comme un ennemi, poursuivit-elle après un silence, mais ils ne sont pas franchement ravis. Ils doivent se dire que si je désire mener une vie de pécheresse et d'excentrique sur un autre continent avec un homme qui n'est pas fait pour moi, ils ne peuvent rien y faire. Alors, contraints et forcés, ils ont accepté la situation. Ou du moins ils essaient.

— Dans ce cas, laisse-moi venir chez toi.

Claire le regarda droit dans les yeux.

— Bon, d'accord. Viens.

Le soir, il retourna chez les Swift et, dans la minuscule cuisine, prépara une soupe de légumes pour la mère de Claire. Il utilisa les meilleurs ingrédients qu'il avait pu trouver, ajouta des herbes censées posséder des vertus curatives, puis écrasa le tout afin d'obtenir la consistance d'une purée pour bébé. Maureen qui, depuis plusieurs jours, était incapable d'avaler la moindre nourriture sans être aussitôt prise de vomissements, réussit à ingurgiter quelques cuillerées de potage.

Lorsque Martin avait franchi la porte de la maison, les parents l'avaient tous deux accueilli avec raideur et méfiance. Mais quand il eut tranquillement pris possession de la cuisine, les Swift se radoucirent quelque peu.

Il arrivait le matin et, sans bruit, confectionnait pour la mère de Claire des mets qu'elle n'aurait pas à mâcher, mais qui étaient variés et savoureux : des potages, des céréales, des purées de pois, de panais[1], de patates douces, ainsi que des crèmes glacées pour toute la famille. Il passait des heures

---

1. Plante herbacée de la famille des ombellifères, dont la racine blanche, odorante et charnue est comestible *(N.d.T.)*.

dans la petite cuisine mal équipée, à travailler pour la mère de Claire, une femme qui ne l'avait jamais aimé, qui lui reprochait d'avoir détourné son enfant du droit chemin. À la fin de la journée, il regagnait seul le motel et s'endormait, sitôt qu'il s'allongeait sur le lit avachi.

Un après-midi, à la fin du mois de mars, Maureen Swift appela sa fille, qui s'apprêtait à lui apporter un bol de consommé de poulet que Martin venait juste de préparer. Claire posa le bol et se précipita. Elle s'assit sur la chaise inconfortable placée près du lit.

— Qu'y a-t-il, maman ?

Maureen tourna vers elle un regard vitreux.

— Claire, bredouilla-t-elle d'une voix hachée. Est-ce que tu repartiras avec lui ?

Que répondre ? Martin et Claire n'avaient pas discuté de l'avenir. Ils n'y songeaient pas pour l'instant, ils se concentraient sur le présent.

— Je ne sais pas…

— Tu t'assureras que ton père va bien, avant ton départ ? Tu t'occuperas de lui ? J'ai peur qu'il s'effondre…

Claire acquiesça. Aussitôt, Maureen Swift se mit à délirer, égrena des souvenirs : une robe de toile qu'elle portait quand elle était petite ; son premier rendez-vous avec le père de Claire ; un orage qui avait démoli la palissade de la maison en 1932, l'année où Claire était née.

— Il y avait de l'eau partout, la pluie est tombée pendant des heures. Je pensais que ça ne finirait jamais. Ton père est sorti dans la tempête, sans imperméable, sans bottes, sans rien sur la tête, et il a redressé les piquets de la clôture qui étaient tombés par terre. Il avait une chemise rouge, je me rappelle.

Puis la voix de Maureen Swift devint de plus en plus faible, comme si la malade s'éloignait dans un interminable couloir. Oh, maman, songea Claire en pleurant, tandis que sa mère tournait son visage vers le mur et fermait les yeux, c'est toi qui me quittes, pas moi.

Indubitablement, la présence de Claire dans la maison paternelle demeurait nécessaire. Lucas Swift était dévasté par la mort de son épouse. Il avait beaucoup de mal à se lever le matin pour faire tourner sa petite entreprise, Swift Entretien. Claire devait le réveiller, lui apporter son café, ses vêtements, vérifier qu'il savait exactement de quel matériel il aurait besoin pour accomplir ses tâches de la journée, veiller à ce qu'il mange le soir. Lucas Swift s'enfermait dans son deuil et ne faisait aucun effort pour reprendre le dessus. Il s'asseyait sur l'escalier, derrière la maison, se roulait des cigarettes et fixait d'un œil morne le jardinet. Il paraissait indifférent à tout ce qui l'entourait. Martin était toujours là, aidant Claire de son mieux ; apparemment, cela ne dérangeait pas

Lucas. Martin se demandait parfois si le père de Claire avait conscience de sa présence.

Un soir, alors que Claire lavait la vaisselle et que Martin s'apprêtait à rejoindre le motel, Lucas leva la tête vers lui.

— Au sujet de ma fille… quels sont vos projets ?

Cette question stupéfia Martin, avant tout parce que Lucas semblait avoir réfléchi de façon cohérente à l'avenir de Claire.

— Je compte l'épouser quand nous rentrerons à Londres, répondit-il avec gentillesse. Nous serions heureux que vous assistiez à notre mariage. Nous trouverons un moyen de vous faire venir.

Lucas Swift agita une main impatiente.

— Je ne quitterai pas cette maison, et je crois que vous le savez.

Oui, Martin le savait ; le père de Claire n'était pas du genre à sortir brutalement de sa routine, surtout pas maintenant que sa femme avait disparu.

— À quelle date emmènerez-vous ma fille ?

— L'emmener ? Monsieur Swift, je ne l'*emmène* pas, elle est consentante. Elle a vingt et un ans. Quant à la date, je ne peux pas la préciser. Dès que Claire se sentira prête. Lorsque tout sera réglé.

— Ah, quand tout sera réglé… Elle me préviendra, cette fois, ou elle se contentera de me laisser une lettre et de s'enfuir en pleine nuit ?

Martin baissa les yeux. Lucas Swift lui en voulait encore d'avoir arraché Claire à son bercail, à un mode de vie qui ne souffrait aucune discussion. Claire n'était revenue qu'à cause du malheur qui frappait les siens. Sans la maladie, le décès de sa mère, elle serait encore avec Martin dans un appartement ensoleillé, à Londres, audessus d'un bon restaurant, menant une existence que son père ne pouvait même pas imaginer.

— Je suis navré, dit Martin, de vous avoir causé tant de chagrin, à vous et à votre famille. Croyez bien que ce n'était pas mon intention.

Lucas acquiesça de mauvaise grâce. Mais Martin, lui, s'interrogeait : quand Claire serait-elle disposée à retourner à Londres avec lui ? Quand estimerait-elle qu'on n'avait plus besoin de ses services, qu'elle était libre de s'en aller ? Il y avait toujours quelque chose à faire : une chemise à recoudre, un pantalon à rapiécer, une facture à établir pour un travail que Lucas avait exécuté en ville, une soirée à passer avec lui, au salon, pour qu'il ne soit pas trop seul, trop terrifié de n'être qu'un vieil homme, un veuf.

Ni Martin ni Claire n'abordaient franchement le sujet. Mais leur foyer se trouvait au 17 Dobson Mews, à Kensington, près des jardins que, selon la légende, Peter Pan avait un jour visités. Tous deux se sentaient bien dans leur petit appartement, ils se plaisaient à penser que c'était là qu'ils demeureraient, qu'ils planteraient leurs racines. À présent, pourtant, le logement était désert, fermé. Quand auraient-ils la possibilité de redormir ensemble dans leur cher lit bateau ?

Martin souhaita une bonne nuit au père de Claire et regagna le Lookout pour la nuit. Au matin, quand il fut certain de ne pas croiser Lucas, il revint frapper à la porte de la maison, demanda à Claire la permission d'entrer. Sa conversation de la veille l'avait perturbé, il lui fallait parler à sa compagne. Elle était au salon, en train de repasser une pile de chemises, nimbée d'un nuage de vapeur, d'une douce odeur de propre.

— J'ai peur de ce qui nous arrive, Claire.

— C'est-à-dire ?

Elle savait, bien sûr. Cependant elle continua son repassage, précise, méthodique.

— Ce qui nous arrive à toi et moi. Je ne devrais même pas évoquer cette question, j'ai honte, mais c'est plus fort que moi : je m'inquiète un peu. Notre vie en Europe — tout ce que nous avons fait, les lieux, les mets que nous avons découverts, nos voyages en train... —, parfois il me semble que nous avons tout inventé. Pourtant nous n'avons rien inventé, n'est-ce pas, ce n'était pas une hallucination ?

Il s'interrompit, scruta le visage de Claire.

— Ce que j'essaie de dire... c'est que je veux

savoir avec certitude que nous serons un jour réunis.

Claire reposa le fer avec précaution, leva les yeux. Martin et elle étaient face à face, séparés par l'étroite planche à repasser.

— Pour le moment, mon père a besoin de moi. Tu l'as vu, Martin, il a l'air d'un naufragé. Sans moi, il se laisserait mourir.

— Alors je resterai ici avec toi.

— Ici ? Qu'est-ce que tu racontes ?

— Je demanderai un congé au restaurant et j'expliquerai à Duncan que, dans l'immédiat, il m'est impossible de quitter les États-Unis.

— Nous ne pourrons pas vivre ensemble, Martin. Nous ne sommes pas mariés, je te le rappelle.

Martin se mordit les lèvres. Il avait failli rétorquer : « Prends ton manteau et allons à New York, épouse-moi tout de suite. » Mais il se tut. En ce temps de deuil, une noce eût été incongrue. D'ailleurs ils n'avaient pas d'endroit où s'installer. Ce n'était pas le bon moment pour se marier, tous deux le savaient.

— Eh bien, je resterai en ville et nous ferons de notre mieux. On se débrouillera.

— Et comment gagneras-tu ton pain ?

Claire, en ce qui la concernait, commençait à seconder son père. Elle veillait à la bonne marche de Swift Entretien, répondait au téléphone, envoyait les factures, tâches que Lucas avait toujours accomplies sans difficulté, mais qui paraissaient désormais au-dessus de ses forces.

— Je tirerai les sonnettes des restaurants de la région, déclara Martin qui réfléchissait. Je leur dirai que j'ai besoin d'un emploi, que je suis un homme aux abois.

— Ce que tu n'es pas.

Il lui sourit.

— Effectivement, mais cette expression me plaît. Quelqu'un finira bien par m'embaucher, Claire. Je suis convenable, propre sur moi, j'ai étudié trois ans à Princeton. J'ai suivi le cours d'introduction à la poésie, je suis capable de déclamer des odes.

— Des *odes*, oui… Voilà qui te sera certainement utile.

— Et en plus, je suis le champion du gratin de macaronis, pas vrai ? Avec, sur le dessus, cette croustillante couche de fromage et de chapelure que tout le monde adore !

Claire ne l'écoutait plus. Elle contourna la planche à repasser, attira Martin contre elle, l'enveloppa de ses bras graciles, l'étreignit. Et Martin ne put que s'abandonner à cette étreinte.

8

La semaine suivante, Martin emprunta l'une des camionnettes de Swift Entretien, et prit rendez-vous avec les directeurs des quatre meilleurs restaurants de la région : Glissando, spécialisé dans la cuisine d'Italie du Nord, à une trentaine de kilomètres de Longwood Falls ; le Public House, à cinquante kilomètres de la ville ; le Colombine, qui servait des mets indéfinissables et des additions extrêmement salées, situé sur la route 9 ; et même, en désespoir de cause, le restaurant vitré du country club de Longwood, avec vue sur le huitième trou du golf, où Martin et ses parents dégustaient naguère, le dimanche soir, des tourtes au poulet passablement gluantes. Mais personne ne l'engagea. En apprenant par la rumeur que son fils était de retour en ville et cherchait un emploi de chef cuisinier, Ash Rayfiel avait passé quelques coups de fil. Il avait graissé la patte aux restaurateurs ou les avait menacés, dans le simple but de pourrir la vie de Martin. De son point de vue, un garçon ne pouvait pas quitter Princeton sur un coup de tête, empocher un bien familial et le vendre (même s'il en avait légalement le droit), s'enfuir en Europe pour se mettre en ménage avec une femme issue d'une classe sociale inférieure, et espérer qu'à son retour au pays on passe l'éponge.

En réalité, Ash Rayfiel n'avait rien pardonné. Quoique Martin n'eût pas encore rencontré son père, leur guerre de tranchées se poursuivait. Pour finir, comprenant qu'à cause de son géniteur il ne trouverait pas d'emploi satisfaisant dans les environs de la ville, Martin se rendit au Longwood Diner, une gargote surmontée d'une enseigne au néon qui clignotait ; à l'intérieur : boxes en similicuir aux banquettes rapetassées avec du sparadrap et menus protégés par du plastique quasiment opaque tellement il était sale. La clientèle se composait d'autochtones désargentés, de routiers, d'adolescents qui venaient y traîner leurs guêtres et se remplir de bière. La nourriture, pour l'essentiel, était de piètre qualité ; dans l'étroite arrière-salle enfumée, un cuistot blasé balançait des hamburgers surgelés sur un gril tout encroûté.

Martin demanda le directeur, lui parla de son expérience professionnelle et de la nécessité où il était de travailler. Par miracle, le patron, un gros bonhomme aux cheveux graisseux, qui faisait sa caisse tout en suivant à la radio une course de chevaux, l'engagea sur-le-champ. Ash Rayfiel n'avait pas songé à le prévenir de la visite éventuelle de son fils. Sans doute n'imaginait-il pas que Martin pût tomber si bas...

Les deux hommes scellèrent leur accord par une poignée de main. Puis Martin noua autour de sa taille un tablier déjà sali par Dieu sait quoi. Dans la cuisine à l'atmosphère saturée de relents de viande et de frites, il s'attela à la tâche, le cœur empli de gratitude.

Jour après jour, affublé de son tablier crasseux, il se tenait devant le gril, tandis que la serveuse lui hurlait les commandes. Le soir, il rentrait au motel dans la voiture cabossée achetée pour une somme modique, se douchait à toute vitesse pour se débarrasser des odeurs de graillon qui lui collaient à la peau, et rejoignait Claire. Ils se promenaient, ou bien allaient au cinéma et s'embrassaient comme des gamins, ou encore se réfugiaient dans la chambre du motel.

Martin était constamment épuisé, à présent, non seulement parce qu'il n'avait jamais travaillé aussi dur, mais aussi parce qu'il ne retirait aucune joie de son labeur. Le personnel du snack servait un lait malté admirable — le meilleur assurément que Martin eût goûté : crémeux, onctueux, généreusement parfumé avec des gousses de vanille —, mais leur conception de la cuisine était dénuée de créativité. Un jour que Martin essayait d'améliorer la tourte à la viande avec une lichette de marmelade d'orange et un peu de moutarde de Dijon, l'une des serveuses, une femme aigrie aux cheveux blonds aussi raides et secs que ceux d'une poupée, l'avait houspillé.

— Nos clients aiment les plats consistants et simples. Alors ne vous avisez pas de recommencer !

Il n'était pas estimé et n'accomplissait aucun progrès. Il gâchait son talent, de même que Claire. Au lieu de sculpter, elle gérait tant bien que mal Swift Entretien, tenait compagnie à son père et entretenait leur lugubre foyer. Quand Martin et elle se retrouvaient, chacun d'eux était fatigué, énervé. Ils se chamaillaient. Une fois, elle critiqua méchamment la chemise qu'il portait, disant que le motif était abominable et qu'il lui donnait le tournis ; une autre fois, il lui déclara qu'entendre parler à longueur de temps de Swift Entretien l'ennuyait à mourir. Après ces moments pénibles, ils se demandaient mutuellement pardon. Ils étaient frustrés, persuadés que ce qui leur arrivait n'aurait jamais dû se produire. Ils auraient dû être ensemble, déjà mariés à Londres, très loin de Longwood Falls, et ne songer qu'au bonheur : à leur amour, aux enfants qu'ils auraient, à leurs conversations sans fin dans le lit bateau avant de s'endormir. De la farine, des épices, de l'argile rouge et de l'eau — tels étaient les ingrédients de leur vie. Que s'était-il passé ? Ils s'interrogeaient, désorientés, envahis par une peine impossible à exprimer.

— C'est une période très étrange, murmura

Martin, alors qu'il était couché près de Claire, sous la couverture bleue, dans la chambre du motel.

Ils venaient de faire l'amour, mais Claire lui avait paru distante, distraite ; elle avait le regard vague, comme empli de brume.

— Oui, en effet.

— Je souhaiterais simplement que tu rentres avec moi à Londres. Ta sœur ne peut pas... participer davantage ? Tu ne crois pas que tu as assez donné ? Tu n'es pas obligée de devenir sainte Claire.

Il regretta aussitôt ses paroles. Elle le dévisagea froidement, plus lointaine encore qu'auparavant.

— Je ne suis pas sainte Claire. Tu n'as manifestement aucune idée de ce que signifie avoir des obligations envers sa famille. Aimer ses proches, vouloir les aider. Tu ignores ce que c'est. Et pour répondre à ta question : non, je n'ai pas encore assez donné. Tu ne comprends donc pas ?

Silence ; Martin ne savait que dire.

— Non, reprit-elle, tu ne comprends pas.

Dans ce domaine, ils seraient toujours différents. Elle avait au plus haut point le sens de ses responsabilités envers les siens, tandis que lui ne l'avait pas — ou peut-être l'avait-il eu autrefois, mais ce sentiment était depuis longtemps mort, étouffé par la colère et le ressentiment. Quand ils auraient leurs enfants, leur propre famille, pensait Martin, ils seraient sur un pied d'égalité.

En réalité, Martin admirait l'infaillible fidélité de Claire, une qualité qui marquait aussi leur relation. Elle lui *appartenait*, cette fille ravissante que les Italiens, dans les rues, détaillaient de leur regard sombre, embrasé : *hmm, quel joli petit lot. Svelte, la jambe longue, les seins peut-être un peu trop menus, mais le visage... adorable.* Ils se moquaient bien, ces hommes-là, qu'elle se promène au bras de Martin. Ils la dévoraient des yeux sans vergogne. Et elle ne les remarquait pas, elle ne voyait même pas les plus séduisants, aux hanches étroites, installés aux terrasses des piazzas du matin au soir, comme s'ils n'avaient rien de mieux à faire qu'attendre que les glaçons fondent dans leurs verres.

Elle lui appartenait, malheureusement ils ne pouvaient pas être totalement l'un à l'autre. Il lui demanda pardon, dans le lit du motel.

— Je sais que, dans l'immédiat, tu ne peux pas rentrer à Londres avec moi. La frustration me pousse à dire des choses désagréables. N'y fais pas attention, je t'en prie.

Il promit d'être plus patient. Tout finirait par s'arranger et redeviendrait comme avant. Après quoi ils restèrent allongés, silencieux, dans la chambre 26. Martin se remémora la première fois qu'ils étaient venus ici, l'omelette qu'il avait préparée après l'amour. Avec quel appétit ils l'avaient mangée ! Aujourd'hui, ils n'avaient pas faim.

Les semaines s'écoulaient. Dans ses moments de lucidité, Lucas Swift se rendait compte que sa fille et Martin étaient malheureux comme les pierres. Martin méritait mieux que la gargote où il travaillait. Si seulement il trouvait un bon restaurant prêt à l'embaucher, ou s'il ouvrait son propre établissement... Seulement, il n'avait pas d'argent, son héritage était bloqué. Claire en avait parlé à son père, quoique Martin n'eût jamais abordé le sujet. Il semblait résigné et n'envisageait pas de se battre pour récupérer son dû.

Au mois d'avril, en fin d'après-midi, alors que Claire s'était rendue dans une ferme voisine pour surveiller la restauration d'une grange confiée à Swift Entretien — Martin, lui, était à son poste, occupé à plonger des morceaux de poulet dans de l'huile bouillante —, Lucas Swift monta dans sa fourgonnette au flanc orné du logo de sa petite entreprise, et prit la direction d'un lieu qu'il s'efforçait en général d'éviter : la Colline, avec ses somptueuses demeures, ses immenses pelouses, et ses habitants réputés pour leur étroitesse d'esprit.

La domestique qui lui ouvrit la porte le jaugea d'un coup d'œil.

— L'entrée de service est derrière.

Elle s'apprêtait à refermer la porte, mais Lucas Swift l'en empêcha d'un geste.

— Je ne suis pas là pour le travail. Je viens voir

M. Rayfiel. Dites que Lucas Swift le demande. Le père de Claire, précisa-t-il d'un ton sec.

Une expression sceptique se peignit sur le visage de son interlocutrice ; à l'évidence, elle doutait qu'Ash Rayfiel accepte de recevoir ce vieux travailleur décharné qui avait le culot de venir sonner à la porte principale de la maison, comme s'il était en droit d'entrer dans ce mausolée. Néanmoins, Lucas insistant, elle pivota pour traverser à pas feutrés le hall dallé de marbre.

Quelques minutes plus tard, les deux hommes étaient installés face à face dans le bureau d'Ash Rayfiel. Des années plus tôt, longtemps avant que Claire ne rencontre Martin, Lucas avait été engagé pour construire un mur de clôture ; lorsqu'il avait présenté sa facture, le comptable des Rayfiel lui avait déclaré que le résultat n'était pas satisfaisant ; par conséquent, on ne lui paierait que la moitié de ce qu'il réclamait. Lucas avait été stupéfait et indigné — son mur était parfait, les briques bien symétriques, parfaitement cimentées. Il n'avait jamais eu la preuve que le père de Martin était responsable de cet incident, cependant il en était convaincu. En ville, tous les ouvriers haïssaient Ash Rayfiel. Lorsque Claire était tombée amoureuse du fils de cet individu, Lucas en avait éprouvé une colère irrationnelle, attisée par le souvenir cuisant d'une facture à moitié payée.

Mais aujourd'hui, assis face au père de Martin, il ne pensait plus au mur de clôture ni à la somme qu'on lui devait. Il se souciait uniquement de Claire.

— Que désirez-vous boire ? dit Ash Rayfiel.

— Rien, merci, répondit Lucas avec raideur.

Ash s'empara d'une carafe en forme de poire, se servit un grand verre de whisky, sans eau ni glace, et en but une lampée.

— D'après Martin, vous lui avez volé son argent, attaqua Lucas, non sans difficulté.

Ash le considéra par-dessus son verre, les sourcils arqués.

— Ah, c'est ce qu'il raconte ? Il s'agit de mon argent. J'en dispose comme bon me semble.

— Il traverse une période difficile. Normalement, je m'en ficherais. Normalement, je dirais : tant mieux, il a mérité ce qui lui arrive. Il a vécu avec ma fille en Europe — sans l'épouser — pendant six mois. Mais je le crois honnête, monsieur Rayfiel. Ils le sont tous les deux. Ils sont jeunes, ils veulent juste un peu de bonheur.

— Nous en sommes tous là.

— Aucun restaurant de la région n'accepte de l'engager. Il a le sentiment que vous y êtes pour quelque chose.

Ash ne réagit pas.

— S'il pouvait trouver un emploi qui le motive, poursuivit Lucas, ou récupérer son héritage et ouvrir son propre restaurant…

— J'avais passé un accord tacite avec Martin, coupa Ash. J'avais prévu qu'il touche une certaine somme lors de son vingt et unième anniversaire, non pas parce qu'il était mon fils, mais parce qu'il me succéderait à la tête de mon affaire. Ma chapellerie. Je lui offrais la possibilité de prendre un bon départ dans la vie.

Ash Rayfiel s'interrompit un instant.

— Mais il a choisi une autre voie. Il considère que fabriquer des chapeaux est ridicule, que cela ne vaut pas la peine d'y consacrer son existence. Je suppose qu'il me juge aussi ridicule et méprisable.

Il souffla bruyamment.

— Non, je ne l'ai pas volé. Je lui ai simplement retiré son argent.

— Et si cet argent suffisait à le sortir d'affaire, à le rendre heureux ?

Ash Rayfiel jouait avec son verre. Il le poussa vers la gauche, vers la droite, puis le remit exactement à sa place, sur le rond de buée dessiné sur le bureau.

— Vous comprenez certainement que c'est *lui* qui m'a volé.

Lucas Swift ne répondit pas.

— Il a dérobé notre croix fleuronnée. Elle était dans ma famille depuis plus d'un siècle. Par chance, ce mois-ci justement, j'ai reçu un rapport d'un joaillier d'Amsterdam. Un type malin, habitué à voir passer des objets qui ont échappé à leur légitime propriétaire. Il a mené des recherches pour savoir à qui appartenait ce joyau, et nous avons conclu un marché acceptable pour chacune des parties. Je me moque de l'argent et je ne suis pas sentimental. En revanche, je ne tolère pas la malhonnêteté.

— Il dit que cette croix était à lui, objecta Lucas.

— Certes… son grand-père la lui a donnée à sa naissance. Mais, là encore, il était entendu qu'il la garderait. Qu'il l'exposerait. Qu'il se montrerait digne de notre famille, fier d'être un Rayfiel.

Ash termina son whisky et esquissa un fin sourire.

— Tout cela ne me plaît pas, vous savez. J'aimerais que mon fils soit différent. Je regrette le sage garçonnet en knickers de flanelle grise, avec sa petite casquette sur la tête, qui m'accompagnait à la fabrique et me posait des questions sur les « papeaux ».

Il lança un coup d'œil à Lucas.

— Les chapeaux.

Il sourit à nouveau, puis son expression se fit dure, implacable.

— J'aimerais que mon fils soit différent, répéta-t-il. J'aimerais que ma femme ne commence pas à boire dès le matin. J'aimerais que fabriquer des chapeaux soit plus passionnant. Mais on joue avec les cartes qu'on a dans les mains, et si on n'apprécie pas les règles du jeu, alors on quitte la table sans regarder en arrière. Seulement Martin n'a pas eu cette correction. Je suis ce que je suis, il est ce qu'il est, je n'y peux rien — de même, le fait que la chapellerie soit une activité intéressante ou non ne dépend pas de moi.

Le verre de whisky d'Ash Rayfiel faisait manifestement office de sablier ; maintenant qu'il était vide, la discussion était close. Ash se leva, Lucas l'imita. Les deux hommes ne se serrèrent pas la main. Ash se borna à ouvrir la porte de son bureau et Lucas sortit. En traversant l'immense hall, il plaignit Martin d'avoir grandi dans un tel luxe et une telle indifférence.

Le soir, tandis que Claire pliait ses vêtements avant de se coucher, son père se campa sur le seuil de la chambre.

— Claire, il faut que je te parle.

— Oui… tout va bien ?

— Je veux que toi et Martin, vous retourniez à Londres. Dès que possible.

Claire tressaillit, dévisagea son père.

— Pourquoi veux-tu que nous partions ?

— Ici, ça ne marchera pas pour vous.

— Comment le sais-tu ?

— J'ai discuté avec son père.

Claire écarquilla les yeux.

— Tu as discuté avec lui ? s'écria-t-elle. Mais Martin sera furieux !

— J'avais envie de voir si cet homme finirait par céder. Il ne fléchira pas. Il est en rage contre son fils, sa colère continuera à flamber, rien ne l'apaisera. Voilà pourquoi je veux que tu t'en ailles.

— Mais... et toi ?

— Oh, ça ira.

— Je m'inquiète pour toi. Comment te débrouilleras-tu ?

— Tu n'as pas à t'inquiéter, rétorqua-t-il d'un ton morne.

Cette nuit-là, dans son sommeil, Lucas Swift crut entendre sa femme l'appeler. L'espace d'un instant, il eut la certitude que Maureen était toujours vivante, dans la chambre de Claire. Il se leva, courut vers le vestibule obscur, heurta le guéridon et tomba de tout son long. Il se tordit la cheville, poussa un cri. Alertée par le bruit, Claire se précipita.

— Oh, papa ! s'exclama-t-elle.

Elle alluma la lumière, s'agenouilla près de lui. Il paraissait si frêle, le dos voûté, les épaules saillantes sous la veste de pyjama. Sa cheville gonflait à vue d'œil. Il déclinait, et si elle le quittait maintenant, son départ accélérerait les choses. Tous deux le savaient. Quand elle l'aida à se redresser, il poussa un gémissement. Aujourd'hui il avait essayé de lui dire qu'il était temps pour elle de vivre sa propre vie. Elle devait partir immédiatement ; mais tandis qu'elle serait heureuse avec Martin, lui glisserait dans l'abîme. C'était ainsi, il n'y avait pas le choix, semblait lui dire son père.

Tu t'occuperas de lui ? avait demandé Maureen Swift. Voilà ce qu'il convenait de faire. Elle n'abandonnerait pas son père dans cet état. Elle n'abandonnerait pas non plus Martin, même si durant une certaine période, elle serait forcée de se séparer de lui. Plus exactement, c'est lui qui partirait sans elle. Il devait retourner au 17 Dobson Mews, où il avait commencé à se forger une réputation. Il accomplirait de grandes choses, elle en était sûre, dans la vaste cuisine pourvue d'une centaine de marmites et de cuillers de toutes les tailles, d'un plan de travail où il pouvait étaler à son aise de bizarres intruments — comme la mandoline qu'il lui avait montrée une fois avec un sourire d'enfant, parce que grâce à cette merveille il pouvait en une seconde découper une pomme de terre en une dizaine de rondelles parfaitement rondes et translucides. Son vrai foyer était à Londres, dans le restaurant et le petit appartement à l'étage ; il ferait la tournée des primeurs, des boutiques d'épices exotiques et marchanderait avec les poissonniers. À Londres, il travaillerait d'arrache-pied et réussirait brillamment, elle n'avait aucun doute là-dessus.

Pour l'instant, Claire resterait ici, ainsi que sa

mère l'avait voulu. Martin et elle se retrouveraient un jour ou l'autre.

Elle soutint son père jusqu'à son lit, lui apporta de la glace pour soulager son entorse. Il soupira tristement. Il avait compris, à l'expression de sa fille, qu'elle avait pris sa décision et ne s'en irait pas.

Pendant tout le printemps, Claire et Martin discutèrent : devait-il ou non rentrer à Londres sans elle ? D'abord il refusa, prétextant que sa vie était au côté de Claire. Puis il fléchit, il se rendait compte que cette existence était néfaste pour eux. Il se résigna à réserver un aller simple pour l'Angleterre. Son avion décollerait de bonne heure, le 28 mai.

La veille, ils célébrèrent le quatrième anniversaire de leur rencontre, comme chaque année. Au crépuscule, ils s'assirent ensemble dans le petit pavillon blanc du belvédère, le cœur empli de terreur à l'idée de se séparer. Une pluie fine tombait, le square ressemblait à une aquarelle délavée. Quelques personnes traversaient le jardin en se hâtant d'ouvrir leur parapluie.

— Je t'ai acheté quelque chose, dit Claire. Un cadeau pour ton départ, ajouta-t-elle en lui tendant une grande boîte blanche.

— Ce n'était pas nécessaire, voyons.

Mais, à l'évidence, Martin était content ; il le

fut plus encore en découvrant le contenu de la boîte : une mallette en cuir caramel, ornée de son monogramme en or, discrètement gravé sur le devant.

— Où as-tu eu ça ? s'étonna-t-il. J'avais vu la même à Florence, tu te souviens ? Nous avions passé des heures aux Offices, tu ne t'en lassais pas, et ensuite sur le chemin de l'hôtel…

— Oui… J'ai écrit à la boutique — Cuoio di Lipari, je me rappelais le nom — et je leur ai demandé de me l'envoyer.

— Mais avec quoi l'as-tu payée ?

— J'ai fait des économies. Je tenais à ce que tu aies une belle mallette pour y ranger tes recettes, tes papiers, et caetera.

— Ça me donne l'air d'un homme d'affaires, dit-il en soulevant la mallette par sa large poignée. Le fils dont mon père a toujours rêvé, ironisa-t-il.

Il reposa la mallette.

— Je l'adore. Je la garderai toujours, jusqu'à ce que je devienne un très vieux monsieur.

Claire lui sourit, à la fois ravie et confuse.

— Je ne t'imagine pas vieux.

— Tu t'y habitueras.

La pluie était drue à présent, les nuages s'amoncelaient dans le ciel. Du côté des collines, le tonnerre retentit, comme un avertissement. *Elle ne voulait pas qu'il s'en aille.* Elle se rapprocha de lui, sur le banc de la gloriette.

— Promets-moi que tu me rejoindras ici chaque année, le 27 mai au crépuscule. Quoi qu'il advienne.

Il demeura silencieux.

— Promets-le-moi, dit-elle d'un ton pressant.

— Je te le promets. Et toi, jure-moi que tu seras là.

— Je te le jure.

Il écarta les cheveux de Claire qui balayaient sa nuque et lui murmura quelque chose qu'elle ne comprit pas. Lentement, il lui dégrafa son corsage, bataillant avec les minuscules boutons, de la taille d'une goutte d'eau.

— Tu es si belle…

Il enfouit son visage entre ses seins, dans cette vallée douce et ombreuse. Ensemble ils se laissèrent tomber sur le sol. Elle l'étreignit farouchement. *Comment pouvait-il partir ? Que leur était-il arrivé ?*

Des éclairs zébraient le ciel, illuminant par intermittence leurs corps enlacés, révélant une bouche, une main, une épaule, la pointe d'un sein. Ils ne parlaient plus, leurs mots se seraient perdus dans le fracas de l'orage. Ils pleuraient, le visage baigné de larmes dans la lumière crue, vibrante, qui déchirait le ciel au-dessus de leur gloriette.

9

ILS tinrent leur promesse. Tous les 27 mai au crépuscule, ils se retrouvaient au belvédère. L'année qui suivit le retour de Martin à Londres, il arriva au petit pavillon avant Claire ; il était assis, immobile, quand elle courut vers lui, les joues en feu, vêtue d'une robe jaune semée de fleurs. La deuxième année, deux garçonnets les avaient devancés ; sérieux comme des papes, ils passaient en revue un paquet de cartes de baseball, et ils eurent le toupet de rester là, dans la gloriette qui appartenait à Martin et Claire. La troisième année, ce fut elle qui attendit.

L'avion avait eu du retard. Le ciel était gris sombre quand il atteignit enfin Longwood Falls, fatigué par son voyage. En vérité, il était épuisé par tous ces mois vécus sans Claire. Ils s'écrivaient souvent, se téléphonaient dès qu'ils le pouvaient, mais le décalage horaire ne leur facilitait pas les choses, et Martin ne savait jamais à quelle heure il allait terminer son travail. Au restaurant, il se produisait toujours quelque chose — un petit succès ou un incident — et il aurait tant voulu que Claire soit là, la nuit, pour en parler avec elle. Il n'en demandait pas davantage : être auprès de la femme qu'il aimait, couché contre elle, tranquille, dans leur lit bateau. Bavarder inlassablement, jusqu'à l'aube si ça leur chantait. Se réveiller le matin, et la voir là, souriante dans son sommeil. Mais il ne pouvait avoir ce qu'il désirait, et cela le rongeait peu à peu, de façon insidieuse. Quand il arrivait à la gloriette, ils s'étreignaient, tremblant de soulagement, et restaient enlacés durant de longues minutes.

Lorsque Martin avait accepté de rentrer à Londres, de laisser Claire s'occuper de son père et de son entreprise, il n'avait pas prévu que cette situation se prolongerait. Tous deux croyaient que bientôt ils seraient réunis pour de bon. Pourtant les années s'étaient écoulées, chaotiques, l'une après l'autre. Maintenant ils menaient deux vies distinctes, malgré les liens qui les unissaient profondément, les lettres, les appels téléphoniques, et leurs retrouvailles lors de chaque anniversaire.

Martin n'était pas le seul à en avoir assez de l'absence, des allers et retours, de la frustration. Ces derniers temps, Claire lui semblait malheureuse, légèrement distante, comme si elle lui cachait un chagrin inexprimable. Il ne lui posait pas de questions.

Il avait commencé à réaliser que la jeune fille rencontrée sept ans auparavant avait insensiblement changé. Il y avait dans ses cheveux dorés des mèches couleur de feuille morte, de la lassitude dans son regard. Elle travaillait dur pour aider son père et n'avait guère le loisir de réfléchir, de se balader, de faire ce qui l'intéressait.

— Tu réussis à sculpter ? lui demanda-t-il ce soir-là, dans la gloriette.

— Quelquefois.

Elle était évasive, ce qui le troublait. Cela ne ressemblait pas à Claire, si ouverte et démonstrative. Mais lui aussi avait pris de nouvelles habitudes, il était imprégné d'une culture étrangère qu'il considérait désormais comme la sienne.

Maintenant le 17 Dobson Mews lui appartenait. Duncan Lear avait émigré dans le sud-ouest de l'Angleterre, à Exeter, où son restaurant, le Duncan's Grill, attirait une nombreuse clientèle. En son absence, et peut-être parce qu'il ne se sentait plus surveillé par Duncan, Martin était rapidement devenu un chef à la mode ; les journalistes londoniens écrivaient dans leurs critiques qu'il était l'âme de ce merveilleux restaurant de Kensington. Martin avait été contacté par un groupe d'investisseurs qui lui avaient suggéré de s'associer avec eux pour racheter l'affaire. Sa participation financière serait purement symbolique, cependant il devrait accepter de rester à son piano.

— Vous pourrez rebaptiser l'établissement à votre gré, lui avait dit l'un des actionnaires. Par exemple « Chez Martin ». Ou « Chez Rayfiel ».

Non, il ne souhaitait pas avoir son nom sur une enseigne. Peut-être appellerait-il son royaume « Chez Claire » ; ainsi, quand elle aurait la possibilité de revivre ici avec lui, chacun la connaîtrait comme la ravissante et svelte Américaine qui avait prêté son prénom à un restaurant de luxe. Mais Claire était trop modeste, cela l'embarrasserait. Et puis, un beau jour, Martin avait trouvé le nom qui s'imposait : « La Gloriette ».

Quand les nouveaux propriétaires prirent les rênes, les architectes conçurent pour la salle à manger principale un plafond conique à huit côtés. Sur les directives de Martin, ils agrandirent encore les vitrines pour donner à l'ensemble l'aspect aérien du gracieux pavillon dont il s'inspirait. Quelques jours après l'ouverture du restaurant fraîchement rebaptisé, le *Times* lui consacra un article élogieux : les mets étaient « un pur régal », et le chef « un magicien ».

Parfois, quand Martin sortait de sa cuisine rutilante, toute carrelée de blanc, les habitués lui faisaient signe, et il s'approchait pour les saluer. Les femmes lui faisaient les yeux doux. Il y en avait une, en particulier, qui venait souvent dîner. Frances Banks, une belle Anglaise, sérieuse, qui possédait une collection de superbes toilettes, et coiffait son opulente chevelure brune en une natte qui lui caressait le creux des reins. Elle avait épousé un professeur de Cambridge beaucoup plus âgé qu'elle, il était mort, et elle élevait seule leur fillette Louisa, qu'elle amenait régulièrement au restaurant. Frances Banks avait des formes attirantes, elle était à la fois distinguée et insolente. Martin appréciait son physique, son intelligence, son caractère enjoué, et n'était pas sans remarquer la façon qu'elle avait de l'observer.

— J'envie votre femme, lui avait-elle dit un soir. Quelle chance d'avoir un époux qui vous mitonne à longueur de temps tous ces savoureux petits plats.

— Je ne suis pas marié.

Il aurait volontiers ravalé cette réponse, quand il comprit que la réflexion de Frances avait pour but de savoir s'il était célibataire ou non. De fait, au fond de son cœur, il considérait Claire comme son épouse, même s'il ne l'avait pas vue depuis le 27 mai de l'année précédente. Ce soir-là, ils avaient passé une heure ensemble avant de se quitter. Il avait demandé à Claire de l'accompagner au motel Lookout où il logeait, mais elle avait refusé, sous prétexte qu'il lui fallait rentrer à la maison. Se retrouver tous les deux dans le lit de la chambre 26 était trop dangereux, Martin le savait aussi bien qu'elle. S'ils cédaient à ce désir-là, ils n'auraient pas le courage de se quitter.

Chaque séparation était un crève-cœur. Ni l'un ni l'autre ne souhaitaient rendre les choses encore plus douloureuses. Martin était uni à Claire pour la vie ; leurs lettres, ces derniers temps, étaient un peu moins fréquentes, mais toujours tendres et emplies de ferveur. Il aurait voulu répondre à Frances : « Oui, ma femme adore mes petits plats. La première fois que nous avons fait l'amour, je lui ai préparé une omelette. »

Après cette conversation avec Frances, il avait couru se réfugier dans sa cuisine. Deux jours plus tard, quand elle était revenue à La Gloriette avec sa fille, Martin ne s'était pas montré. Un serveur l'avait prévenu que Mme Banks souhaitait le saluer, s'il avait un instant ; Martin avait chargé l'employé de présenter ses excuses. Il était débordé, dans l'incapacité d'abandonner ses fourneaux.

À présent, il tenait Claire contre lui, dans leur pavillon blanc. Elle lui appartenait toujours, même si son père avait de plus en plus besoin d'elle, car il souffrait d'une arthrite des genoux. Cela expliquait que le ton de leur correspondance se fût subtilement modifié. Au lieu d'écrire avec conviction qu'ils seraient bientôt ensemble, ils n'abordaient plus ce sujet. Ils ne parlaient que de ce dont ils étaient certains : ils s'aimaient comme au premier jour et se reverraient le 27 mai. « Qu'il pleuve ou qu'il vente », selon l'expression de Martin.

À Longwood Falls, le père et la fille passaient leurs soirées sur les marches de l'escalier, derrière la maison. Ils bavardaient et regardaient le soleil décliner à l'horizon. Lucas Swift disait souvent à Claire qu'elle devrait fiche le camp, aller à Londres où sa vraie vie l'attendait. Cependant quand elle répondait que sa place était ici, près de lui, il ne protestait pas. Outre qu'elle s'occupait de son père, elle faisait également tourner l'entreprise familiale. Swift Entretien marchait très bien, grâce aux efforts de Claire. Elle s'était révélée une excellente comptable, avait un véritable don pour négocier avec les clients et diriger les ouvriers. Elle ne pouvait pas tout laisser tomber, pas plus que Martin. Ils ne l'ignoraient pas et, cette année, le dépit alourdissait l'atmosphère de leurs retrouvailles.

Mais il y avait autre chose. Non seulement Claire paraissait vieillie, plus fatiguée que d'habitude, mais elle éprouvait visiblement de l'appréhension. Or il s'avéra qu'elle avait une bonne raison.

— Écoute-moi, dit-elle en prenant les mains de Martin dans les siennes. Il faut que je te parle.

La première pensée de Martin fut que l'un de ses parents était décédé. Il se raidit. Il n'avait pas adressé la parole à sa mère ni à son père depuis des années, néanmoins il se préparait à apprendre un jour leur disparition.

— J'ai rencontré quelqu'un, murmura Claire d'un ton navré, pathétique.

— C'est-à-dire ? articula-t-il avec circonspection.

— Il s'appelle Daniel Clusker.

Martin se tut. Comment avait-elle pu rencontrer quelqu'un ? Ils avaient conclu un pacte. Un jour, ils seraient réunis.

— Comment as-tu pu ? bredouilla-t-il.

Il se leva, chancelant, et frappa de son poing la paroi ouvragée de la gloriette.

— Arrête ! s'écria-t-elle en s'approchant et en le regardant secouer sa main meurtrie. Je t'en prie... (Une note d'hystérie vibrait dans la voix de Claire.) Je ne savais plus quoi faire. Je suis ici, tu es là-bas, et tu sembles toujours tellement malheureux, Martin, tellement exténué. J'ai cherché une solution, je n'ai trouvé que celle-là. Les années passent et nous ne parlons plus jamais de ce qui va nous arriver, de la façon dont cela finira. Tu sais que je t'aime. Tu es toute ma vie. Mais Daniel est venu, il m'a aidée, il est très gentil avec mon père, il est digne de confiance. Je n'ignore pas combien tu souffres de la solitude, je le vois chaque année. Tu n'es pas seulement seul, tu es déçu. Miné, éteint. Alors j'ai décidé d'agir.

Elle prit une inspiration, conclut avec calme :

— Maintenant tu es libre de faire comme moi.

Il la dévisagea. Le sang cognait dans tout son corps, battait plus vite encore dans son poing blessé.

— Dis-moi juste une chose, marmonna-t-il d'une voix pâteuse qu'il ne reconnut pas. Ce Daniel Clusker..., ajouta-t-il, glacial, tu l'aimes ?

Claire baissa les yeux.

— C'est un homme très gentil.

Cette réponse rappela à Martin les mots de Nicole, quand il l'avait interrogée à propos de son mari, Thierry. *C'est un bon père,* avait-elle répondu, comme si cela suffisait. Cela suffisait-il vraiment ? Qui décidait de ce qui était suffisant, satisfaisant pour un être, de ce qui constituait une vie décente ?

— Daniel est capable de réparer n'importe quoi. Il marche sur les mains comme un acrobate, il connaît le nom de tous les oiseaux. Il est attentionné.

Elle leva la tête.

— Il m'a demandé de l'épouser.

— Et alors ?

— J'ai accepté.

Martin eut un goût de bile dans la bouche.

— Claire, rentre à Londres avec moi ce soir.

— C'est impossible, tu le sais bien. Mon père, l'entreprise...

— Alors je reviendrai ici. J'abandonnerai cette idiotie de restaurant.

— Ce n'est pas une idiotie. Tu en as toujours rêvé.

— Oui, effectivement.

Il songea à l'éclairage feutré de la salle, à ce qu'il ressentait quand, depuis le seuil de sa cuisine, il regardait les premiers clients de la soirée arriver. Une satisfaction profonde, une sensation de plénitude, de sérénité. Oui, voilà ce qu'il éprouvait. Puis il pensa que plus jamais il ne ferait l'amour à Claire, qu'elle ne serait pas sa femme, la mère de ses enfants. Ils continueraient à se voir une fois par an, passeraient ensemble une heure ou deux, et ce serait tout.

— Tu vas vraiment te marier ?

Elle détourna le regard, opina.

— C'est donc fini ?

Elle acquiesça à nouveau.

— Il faut que je m'en aille, Claire.

Il empoigna la mallette qu'elle lui avait offerte et descendit les marches de bois peintes en blanc, titubant comme un homme qui a bu trop de champagne ou qui vient de recevoir de brutales et terribles nouvelles.

Daniel Clusker était un charpentier, grand et roux, que Claire avait engagé dans l'équipe de Swift Entretien. Il habitait la ville voisine. Sitôt qu'il eut franchi la porte du bureau, elle le trouva sympathique. Ils bavardèrent plus longtemps que nécessaire.

Ensuite, alors qu'elle traversait le jardin public, elle aperçut certains de ses ouvriers en train de casser la croûte. Daniel Clusker était là, il amusait ses camarades en marchant sur les mains, dans l'herbe. Lorsqu'il remarqua Claire, il se remit vivement sur ses pieds, gêné, et lui adressa un petit salut. Daniel était attachant, mais d'une timidité maladive. Aussi Claire fut-elle surprise quand, le lendemain, il revint au bureau et demanda si elle était libre, le soir.

— Libre ? répéta-t-elle, sans comprendre.

— Je veux dire... disponible. Je pensais que nous pourrions aller quelque part. Je vous promets de ne pas parler boulot.

Pour une raison qui lui échappa, elle accepta de sortir avec lui. Il tint parole et oublia son travail. Ils se promenèrent dans son pick-up à travers la campagne. Daniel lui montra des arbres particulièrement beaux, des sentiers qu'il avait escaladés avec ses frères. Naturaliste amateur, il avait une passion pour les oiseaux. Pour mieux les observer, il possédait quatre paires de jumelles.

Ils avaient dîné chez lui — un repas tout simple composé d'un potage et d'une salade —, il lui avait fait écouter des vieux disques de Louis Armstrong.

Parfois, pendant la journée, il passait lui dire

bonjour, en salopette. Claire se demandait s'il la courtisait ou non. Il y avait si longtemps qu'elle n'avait regardé aucun homme, hormis Martin. Pourquoi diable prêtait-elle attention à celui-ci ?

D'abord elle se dit qu'elle réagissait ainsi par pure sollicitude. Daniel Clusker était gentil et esseulé. Puis il lui vint à l'esprit que peut-être, même si Martin ne l'admettrait jamais, il souhaitait en secret qu'elle se lie à un autre. Qu'elle change d'existence maintenant, au moment où son restaurant devenait un lieu fréquenté par le Tout-Londres. De cette manière, il ferait son deuil de Claire, s'abîmerait dans son chagrin, après quoi il évoluerait et rencontrerait éventuellement une nouvelle compagne. Elle savait qu'il détestait dormir seul dans le lit bateau de l'appartement où ils auraient dû vivre ensemble. Un soir, alors qu'il était couché dans ce lit avec Claire, il lui avait dépeint la tristesse d'une enfance de fils unique ; quel bonheur, murmurait-il, de n'être plus seul. Hélas, la solitude l'avait rattrapé.

Était-ce bien ce que désirait Martin, sans se l'avouer ? Ou Claire s'accrochait-elle à cette conviction pour le laisser partir ? Depuis un certain temps, elle estimait nécessaire de lui rendre sa liberté — quitte à le mettre devant le fait accompli. Martin ne l'abandonnerait pas de son propre chef, elle devrait l'y obliger. Il lui fallait une femme à ses côtés, une confidente, quelqu'un qui lui dispense de la tendresse. Il l'avait souvent dit : il avait un besoin viscéral d'affection, de réconfort. Elle aurait tant voulu les lui prodiguer, mais elle ne le pouvait pas, du moins pas au quotidien.

Du réconfort... Claire en avait besoin, elle aussi. Alors elle songeait à Daniel Clusker — cet homme timide, aux cils presque blancs, qui l'entourait d'attentions. Lui conviendrait-il ? Peut-être.

Cette question, elle se l'était posée deux mois auparavant ; depuis, les événements s'étaient précipités. Claire avait autorisé Daniel à lui offrir un bouquet de freesias, une boîte de berlingots et — ironie du sort — un drôle de bibi qu'il avait acheté à la foire, dans l'espoir qu'il lui plairait. Il ignorait qu'elle ne portait jamais de chapeau. En réalité, il ne savait presque rien d'elle.

Un après-midi, Daniel était passé la chercher au bureau pour la raccompagner chez elle. Ils n'avaient pas échangé un mot durant le trajet, comme s'ils devinaient que quelque chose allait se produire. Il avait arrêté le pick-up devant la maison, coupé le moteur, rassemblé son courage, puis il s'était penché pour embrasser Claire.

Elle avait fermé les yeux, pas seulement parce qu'elle était censée se comporter ainsi quand on l'embrassait, mais parce qu'elle ne supportait pas de regarder en face ce qu'elle venait d'enclencher.

3 juillet 1956

Cher Martin,

Je t'écris pour te prévenir que Claire se mariera ici, dans la vieille chapelle sur Glimmer Road, le 17 juillet à onze heures du matin. J'imagine combien ce doit être atroce pour toi, cependant il m'a semblé que tu préférerais être informé de la date du mariage. Je suis navré.

Ton fidèle Motus

Elle ne le sut jamais, néanmoins Martin revint à Longwood Falls et se posta de l'autre côté de la route, face à la modeste église où Claire et Daniel venaient de se marier. Il regarda les nouveaux époux descendre les marches, tandis que leurs amis et les membres de la famille leur jetaient du riz. Daniel Clusker était un rouquin au teint pâle, à la peau constellée de taches de son. Il enlaça sa femme et l'embrassa sur la bouche. Martin les contemplait, horrifié. Claire avait les joues empourprées, des lis piqués dans les cheveux, une longue robe blanche toute simple. Sa nièce et son neveu — les jumeaux de Margaret — jouaient sur l'escalier de pierre, ils ramassaient les grains de riz. Puis le père de Claire apparut, en costume, encadré par deux robustes jeunes gens. Lucas Swift avait beaucoup vieilli, il marchait à tout petits pas, les jambes raidies par l'arthrite.

Daniel Clusker et son épouse montèrent dans

une voiture garée sur le parvis. *Claire Clusker*, songea amèrement Martin, dissimulé derrière un sycomore. Dieu que ce nom sonnait faux ! C'était hideux. À travers l'épais feuillage qui le cachait, il regarda l'automobile démarrer ; on avait accroché au pare-chocs des boîtes de conserve qui rebondissaient avec fracas sur la chaussée.

Le soir même, Martin rentra à Londres. Dans l'avion, il dormit comme une souche, la tête appuyée contre le hublot, et n'entendit même pas l'hôtesse le prier de choisir parmi les entrées inscrites au menu. Sitôt après l'atterrissage, il alla tout droit au restaurant, sans passer par l'appartement pour se doucher, se raser ou consulter son courrier. Cuisiner l'aiderait à se vider l'esprit. Il ne penserait plus qu'à une chose : la sauce qu'il mitonnait était-elle ou non assez salée ?

Plus tard, au moment du coup de feu, un serveur lui annonça que Mme Banks était là avec sa fille, qu'elle se demandait si elle aurait le plaisir de le voir.

— Désolé, dites-lui que…

Martin s'interrompit. Il se remémora Claire à la sortie de l'église, ses joues roses, ses cheveux qui voletaient autour de son visage.

— Dites-lui que j'arrive.

Il reposa sa longue cuiller en bois, s'essuya les mains avec un torchon, poussa la porte battante.

Frances Banks était installée avec sa fillette de six ans à une table isolée. Elles se partageaient un dessert : des baies sauvages accompagnées de crème glacée au gingembre. Frances cessa de manger à l'approche de Martin.

— Regarde, chérie, voilà le chef.

Avec un petit sourire malicieux, elle enchaîna :

— Le chef qui aurait grand besoin de se raser.

La semaine suivante, Martin fut invité chez elle. Elle habitait une vaste demeure, remplie de livres que son époux décédé collectionnait, et de quantité de poupées, nanties de leur garde-robe et de leurs meubles en miniature, appartenant à Louisa. Dans un coin, Martin remarqua une charmante sculpture de bronze, représentant une femme et son enfant. Claire l'aurait aimée.

— À quoi pensez-vous ? lui demanda Frances.

— À rien.

Puis il se tourna vers elle et, d'une voix calme, nonchalante, lui dit :

— Allons nous coucher.

Frances avait été mariée, elle était mère. Elle avait roulé sa bosse, c'était une femme du monde à la sexualité exigeante. Quand ils s'allongèrent sur son grand lit moelleux, Martin revit le lit bateau où Claire et lui faisaient l'amour.

Arrête, se tança-t-il. Efface-la de ton esprit. Car Claire, en ce moment même, d'après Motus, passait sa lune de miel dans un hôtel de Pennsylvanie, en pleine campagne. Dans les bras de

Daniel Clusker, elle ne devait pas penser à Martin. À moins que…

Il caressait le corps brûlant de Frances. Elle avait les hanches plus rondes, les seins plus lourds que Claire. Tout en elle était plus épanoui, plus voluptueux. Pourtant c'était le souvenir de Claire qui le hantait, lorsqu'il posséda cette femme inconnue dans sa maison de Bloomsbury. Et ce fut le nom de Claire qu'il balbutia quand le plaisir les emporta. Frances l'entendit.

— Ce n'est pas grave, lui dit-elle ensuite, pour l'aider à surmonter sa gêne.

Étendus, ils sirotaient le vin qu'elle avait mis à rafraîchir dans un seau de cuivre, près du lit.

— Je suis au courant pour cette Claire.

Elle alluma une cigarette.

— Ah bon ?

— Oui, je me suis renseignée. Je voulais comprendre pourquoi tu m'évitais. Ton maître d'hôtel m'a fourni quelques explications.

— D'où les tenait-il ?

— Oh, selon lui, c'est de notoriété publique. Ton ami Duncan Lear est sans doute un homme formidable, mais il semblerait qu'il manque de discrétion.

Martin se redressa sur un coude pour la dévisager.

— Et que penses-tu de tout cela ?

D'un geste négligent, elle repoussa les cheveux qui lui balayaient les joues.

— Je pense que je suis trop jeune pour rester veuve jusqu'à la fin de mes jours. Je n'ai que trente ans.

— J'en ai vingt-quatre.

— Cela n'a pas d'importance. Il n'est pas indispensable d'être tout à fait identiques.

Mme Frances Banks lui laissait entendre qu'ils ne se ressemblaient pas et qu'elle s'en moquait. Mais elle lui disait aussi qu'elle souhaitait conclure un accord avec lui. Il pouvait crier le nom d'une autre femme pendant l'amour, elle ne s'en offusquerait pas. Il l'attirait, la charmait, elle voulait le garder à ses côtés pour combler sa solitude et donner un père à sa fille.

Ce serait une sorte de mariage arrangé, comme l'était probablement celui de Claire avec Daniel Clusker. Ce dernier lui tiendrait compagnie, rendrait son existence à Longwood Falls moins désespérante. Martin espérait que Claire trouverait un peu de bonheur, que Daniel l'entourerait de tendresse. Il espérait qu'elle continuerait à sculpter, que jamais elle n'arrêterait.

Ils avaient renoncé à tant de choses, songea-t-il, couché dans ce lit étranger. À leur union, à leurs enfants aux cheveux blonds et aux yeux sombres.

— Ils auront des dons artistiques, lui avait dit Claire, naguère. Et ce seront de fabuleux cuisiniers.

— Je les plains, avait répondu Martin. Des cuisiniers artistes ! Ils n'auront pas une vie facile.

— Non, tu as raison. Mais quand nous serons vieux, ils nous prépareront des douceurs faciles à digérer et les disposeront joliment sur nos assiettes.

Il pouvait presque les voir, ces enfants fantômes qu'il ne ferait pas tournoyer dans les airs, qu'il n'emmènerait pas à la maternelle pour leur premier jour d'école, qu'il ne porterait pas sur ses épaules, dans la foule. Louisa, la fille de Frances, était timide et adorable. Au fond de son regard vacillait une ombre tragique, le souvenir de la disparition de son père, mort d'un infarctus, alors qu'elle n'avait que deux ans.

Après tout, ce n'était pas une mauvaise idée. Il ne promettrait pas à Frances la lune, le soleil et les étoiles, mais elle ne les lui demandait pas. À l'évidence, l'homme de sa vie avait été James, son époux et son ancien professeur de philosophie à Cambridge ; elle l'avait vénéré jusqu'à la fin.

À présent, elle n'exigeait pas de Martin un amour passionné. Certes, elle voulait de la passion et un sentiment proche de l'amour, néanmoins Martin réalisait qu'il n'était pas indispensable que ces deux éléments fussent en permanence réunis. Elle se satisferait de ce qu'elle pourrait obtenir, et lui aussi. Ils se comprenaient.

Lorsque Martin Joseph Rayfiel épousa Frances Antonia Banks lors d'une cérémonie intime dans une belle église anglicane de Londres, le 18 août 1956 — un mois après le mariage de Claire —, il n'envoya pas de faire-part à la femme de sa vie, de l'autre côté de l'Atlantique. C'eût été cruel.

Il en voulait encore à Claire d'avoir provoqué cette série d'événements, cependant il ne la blâmait plus. Maintenant, étrangement, tout cela prenait un sens.

Martin et Frances passèrent leur lune de miel à Positano, dans une belle maison au bord de l'eau. Tout près, des rangées de citronniers embaumaient l'atmosphère, et rappelaient à Martin l'odeur de Claire. Son parfum l'obsédait, en plein voyage de noces. Claire rôdait à travers la demeure, telle une ombre. Mais Claire n'avait rien d'un fantôme ; c'était une femme de chair et de sang qui ne lui appartiendrait plus jamais.

Martin buvait trop et restait souvent dehors, à griller des cigarettes, une manie que pourtant il détestait. Frances devait venir le chercher.

— Il fait nuit, disait-elle en posant doucement les mains sur ses épaules. Si nous allions nous coucher ?

À contrecœur, Martin se levait, écrasait sa cigarette, humait le parfum des citrons — cette senteur qu'il aimait si profondément — puis il rentrait dans la maison avec celle qui était désormais son épouse.

10

MINUIT avait sonné quand Abby apprit que Claire et Martin s'étaient mariés chacun de son côté. En entendant cela, elle se leva d'un bond et se mit à arpenter les couloirs silencieux du *Ledger*. Elle faisait les cent pas, incapable de rester immobile. Dans les bureaux obscurs, la plupart des ordinateurs étaient éteints ; sur les autres dansaient les motifs des économiseurs d'écran. Tous les employés du journal étaient chez eux, ils dormaient à poings fermés auprès de leur conjoint, d'un amant ou d'une maîtresse. Abby envisagea de ranger ses affaires et de rentrer à la maison, mais comment ne pas avoir envie de continuer ? La curiosité la tenaillait ; maintenant elle ne pouvait plus observer le regard de ces personnages figés sur des photographies vieilles de cinquante ans, et prédire comment leur histoire allait s'achever. Cependant ce n'était pas seulement la curiosité qui retenait Abby. Elle était furieuse contre Claire.

Claire aurait pu partir. Elle aurait dû. Abby, elle, était revenue à Longwood Falls parce qu'elle désirait préserver l'œuvre de son père, le *Ledger* — mais aussi parce que rien ne l'incitait à demeurer à New York. Rien qui comptât; une conversation téléphonique, de temps à autre, avec un jeune pédiatre aux cheveux ébouriffés ne suffisait certainement pas. Tandis que Claire avait Martin. Une vie qui l'attendait à Londres. Abby ne comprenait pas au nom de quoi Claire avait choisi de se sacrifier pour son père, de se marier avec Daniel Clusker, ni pourquoi Martin avait épousé Frances Banks. Certains suivaient la voie de la raison pour construire leur existence, mais la relation de Claire et Martin se fondait sur un amour absolu.

L'amour contre la raison — on en revenait toujours là. Abby aurait voulu défendre les sentiments de ces deux êtres, avoir été là jadis pour les conseiller, leur dire : non, ne faites pas cela!

Elle regagna son bureau et fouilla à nouveau dans la mallette. Elle en exhuma une bague en fer-blanc ornée d'une fausse pierre verte; celle que Claire avait piochée dans son orange givrée, près de Lourmarin. Puis elle trouva un entrefilet paru dans le *Longwood Falls Ledger* — la gazette qu'elle dirigeait aujourd'hui. Le bout de papier, flasque et jauni, datant de quarante ans, était protégé par du plastique. On y annonçait le mariage de Claire Swift et Daniel Clusker. Il y avait un autre article, plus long et illustré par une photographie, publié le mois suivant dans le carnet mondain d'un journal londonien. Sur le cliché, on voyait Martin au côté d'une femme extrêmement séduisante. Tous deux semblaient pensifs et graves. Abby trouva également plusieurs coupures de presse sur le restaurant La Gloriette. Un magazine avait photographié le chef coiffé de sa toque blanche, portant une poule faisanne sur un plateau d'argent. Martin avait conservé le menu du 8 mars 1958. Abby le parcourut.

Entrées

- Soupe de melon glacée au gingembre confit.
- Salade de crevettes, poireaux, tomates et coriandre.
- Salade d'endives, cresson et mousserons. Vinaigrette à la moutarde rehaussée d'une pointe d'orange.

Plats

- Poulet « à la Claire », saupoudré de noix de pécan pilées, sur un lit de riz sauvage et de groseilles.
- Steak au poivre, purée de pommes de terre et de panais.
- Gratin de macaronis à l'américaine, au cheddar du Vermont.
- Homard décortiqué, glacé au soja et au miel, riz parfumé au jasmin.

Desserts

- Cheesecake à la new-yorkaise, garni de baies fraîches.
- Tarte aux pêches, servie tiède avec une boule de glace maison au gingembre.
- Assortiment de cookies maison, servis tièdes.
- La gourmandise du Diable : trois couches croustillantes de chocolat noir, nappées de crème anglaise.

Ce repas avait été cuisiné et servi plus de quarante ans auparavant, pourtant Abby sentait se mêler dans sa bouche chacune de ces saveurs délicates ; elle se représentait Martin à son piano, en train de faire fondre du beurre dans une poêle, par exemple, veillant à ce qu'il ne roussisse pas. Mais quand elle essayait de l'imaginer chez lui, à Londres, auprès de Frances Banks et de sa fille, il lui semblait voir un homme morose, au visage las, creusé par la résignation qui avait guidé toute sa vie.

Avec précaution, elle mit le menu de côté. Dessous, elle découvrit un faire-part imprimé sur un bristol cerné d'un liseré rose tendre. Il portait la date du 3 avril 1958. « M. et Mme Daniel Clusker ont la joie de vous annoncer la naissance de leur fille, Alison Martina Clusker. » Le deuxième prénom du bébé fit tressaillir Abby.

Elle se laissa retomber dans son fauteuil. Claire méritait peut-être plus d'attention qu'Abby ne le supposait ; une femme qui rendait ainsi hommage à son passé, avec tant de franchise et de candeur…

Elle remit le lecteur de cassettes en marche, malgré l'heure tardive. De toute évidence, elle allait passer une nuit blanche.

Alison Martina Clusker. Deux prénoms charmants et anodins pour un nourrisson qui avait le teint clair, les yeux et les traits finement ciselés de sa mère, les cheveux roux de son père. Mais ces prénoms charmants représentaient le tribut de Claire au souvenir de Martin. Avant d'épouser Daniel, elle lui avait dit que Martin avait été son amant ; ils demeuraient profondément attachés l'un à l'autre et continueraient à se donner rendez-vous une fois par an, le jour anniversaire de leur première rencontre.

Cela avait déplu à Daniel, néanmoins il s'était borné à acquiescer, à la remercier de son honnêteté. Ensuite, il avait refusé d'en reparler. Naturellement, Daniel savait pourquoi elle avait choisi de baptiser leur enfant Martina. La moitié de Longwood Falls le savait aussi bien que lui. On devait jaser dans les chaumières, cependant aucun ragot ne parvint jamais aux oreilles de Claire. Nul n'aurait osé raconter des mensonges, prétendre par exemple que Martin était le vrai père de la petite Alison. C'eût été ridicule, il suffisait de regarder la chevelure flamboyante du bébé. Alison était la fille de Daniel, aucun doute là-dessus, mais l'histoire d'amour de Claire et Martin était devenue, à Longwood Falls, une sorte de légende : le garçon riche et la fille pauvre qui avaient vécu à l'étranger dans le péché, tenté de se bâtir un avenir et qui, pour finir, comme tous les pécheurs, avaient échoué.

Claire ne tromperait jamais Daniel avec Martin, cette idée ne l'effleurait même pas. Pourtant c'était à Martin qu'elle restait fidèle. Il était l'homme qui la connaissait le mieux. Toujours ils se connaîtraient par cœur, leurs mariages respectifs ne changeraient rien à cette réalité.

À l'église, Claire et Daniel avaient fait le serment de se chérir et de se respecter. Quoiqu'elle ne vibrât guère dans ses bras, dormir près de lui la rassurait. Il rentrait chez eux après une journée de labeur, il sentait le cèdre, les copeaux de bois — une odeur aussi délicieuse que celle du pain chaud. De temps en temps, dans le lit de leur maison de Conley Lane, il se couchait sur elle, avec précaution ; il semblait craindre de l'écraser sous le poids de son corps musclé de travailleur. De la tête aux pieds, il était couvert de taches de son, ce qui ne séduisait pas trop Claire, mais elle s'y accoutumait. C'était un homme doux et sérieux, capable de parler des diverses sortes de scies durant des heures, si elle ne lui coupait pas la parole. De même, il faisait l'amour de façon quelque peu mécanique. Cela ne la dérangeait pas — en fait, il arrivait que ce fût assez agréable —, toutefois cela ne ressemblait en rien aux moments bouleversants vécus avec Martin. Les deux expériences ne pouvaient se comparer.

Il n'empêchait que, les longues nuits d'hiver, Daniel la préservait de la solitude. Ils bavardaient paisiblement de leurs activités de la journée, du père de Claire, dont Daniel était très proche, ou du bébé qu'elle amenait dans le lit conjugal pour lui donner la tétée.

Claire adorait nourrir Alison, la regarder s'emparer avidement de son sein lourd et douloureux. Deux ans après la rousse Alison Martina, Jonathan naquit, puis quatorze mois plus tard il y eut l'arrivée inattendue d'Edward. Maintenant Claire était entourée. N'était-ce pas ce qu'elle avait voulu ? Une famille, une nichée chahuteuse. Les enfants à présent se jetaient sur les bouteilles de lait embuées que l'on déposait chaque matin sur le perron de la maison. Les garçons, surtout, en buvaient des quantités inouïes. Ils poussaient comme des champignons, débordant d'énergie, tout en muscles. Edward, le petit dernier, était le plus mélancolique des trois. Un jour, alors qu'il était âgé de quatre ans, il avait demandé à sa mère :

— Est-ce que l'amour a une couleur ?

Cette question l'avait surprise.

— Que veux-tu dire, mon chéri ?

— Ben, quand tu penses à l'amour, est-ce que tu vois une couleur ?

— Du vert, avait-elle répondu simplement, car elle songeait à l'herbe autour de la gloriette, qui était toujours drue et verte le 27 mai.

Martin et elle n'avaient pas manqué un seul anniversaire durant toutes ces années. Ces rencontres rendaient Daniel malheureux, mais il ne tentait pas de convaincre Claire d'y renoncer.

— Je ne peux pas te l'interdire, disait-il. Et si ça suffit pour que notre bateau ne coule pas, alors je suppose que je n'ai pas à me plaindre.

— Merci..., rétorquait-elle doucement.

Daniel ne comprenait pas — comment aurait-il pu ? —, cependant il acceptait. Ce jour-là au crépuscule, il veillait à être occupé loin du jardin public, car il ne tenait pas à l'apercevoir en compagnie de cet homme qui avait tant d'emprise sur elle. Peu à peu, il s'était incliné devant la fatalité. Et la ville entière s'était également habituée à ce que Claire et Martin, une fois par an, s'assoient ensemble sur le banc de la gloriette, à la vue de tous.

Une année, quand elle attendait Edward, elle était arrivée enceinte de huit mois. Martin, qui savait déjà qu'elle portait un autre enfant (son vieil ami Motus continuait à lui écrire), avait été ébloui.

— Regarde-toi, répétait-il. Mon Dieu, regarde-toi…

— Tu me fais rougir, avait-elle protesté mais, au fond de son cœur, elle était touchée par sa réaction.

La grossesse l'épanouissait, elle aimait sentir son corps se transformer. C'était comme un secret qu'elle partageait avec tout le monde — pour paradoxal que ce fût. Ses seins s'alourdissaient, elle avait le teint plus rose, les cheveux plus épais. Son ventre rebondi pointait orgueilleusement en avant, ce qui l'embarrassait un peu. Une fine ligne de duvet blond, au milieu de son abdomen, rejoignait sa toison. Parfois Claire se contemplait longuement dans le miroir, sidérée par ce qui se produisait au tréfonds de sa chair.

— Je peux toucher ? demanda Martin.

Elle acquiesça. Assis près d'elle dans la gloriette, il tendit la main.

— Oh…, murmura-t-il lorsque ses doigts se posèrent sur le ventre gonflé.

Elle sut qu'il brûlait de l'embrasser, de la couvrir de baisers, d'enfouir son visage dans sa chevelure, de s'enivrer de son parfum citronné, cependant il ne bougea pas sa main. Cette main qui avait si souvent caressé Claire, qui l'avait modelée, explorée de toutes les façons possibles, était maintenant respectueuse, presque craintive, car elle s'aventurait sur un territoire qui ne lui appartenait plus. Martin ferma les yeux, il respirait bruyamment, dans un effort pour se dominer. Sous la peau douce palpitait le bébé d'un autre, une minuscule créature occupée à devenir un être humain, l'enfant de sa mère et de son père.

Soudain, il sentit le bébé lui donner un coup de pied. Il retira vivement sa main, comme s'il avait effleuré le feu.

— Il a bougé! s'exclama-t-il avec un sourire extasié.

Puis une expression d'infinie tristesse, d'abandon, ternit son regard. Malgré toutes leurs tentatives, Frances ne pouvait plus concevoir, et c'était pour eux un indicible chagrin. Jamais encore il n'avait senti la vie palpiter sous sa main, et en cet instant son respect envers Claire s'accrut. Elle n'était plus seulement la femme qu'il aimait depuis tant d'années, qui lui paraissait aujourd'hui plus belle que jamais. Claire serait bientôt mère. Il l'avait souvent imaginée dans cet état, il avait rêvé de toucher comme il venait de le faire l'enfant qu'elle portait. Mais dans ses rêves, l'enfant était le sien.

En 1965, Louisa — la fille de Frances, âgée de quinze ans et qui était une remarquable cavalière — fit une grave chute de cheval. Elle se fractura trois vertèbres. Au début, les médecins dirent que son état était critique, qu'elle ne recouvrerait peut-être pas l'usage de ses jambes. Frances s'installa pendant six mois à la campagne, près du centre de rééducation où Louisa, peu à peu, réapprit à marcher. Ce fut une période terrible pour tous les trois, et quoique Martin la rejoignît le week-end et lui téléphonât chaque jour, Frances lui reprochait de tenir davantage à son restaurant qu'à sa femme et à sa fille.

— Ce n'est pas vrai, répétait-il patiemment.

Il comprenait néanmoins sa colère. Pour le bien de sa famille, il aurait sans hésiter abandonné La Gloriette, cependant le restaurant occuperait toujours une place centrale dans son existence. Lorsqu'il travaillait dans l'immense et étincelante cuisine aménagée au fil des ans pour répondre exactement à ses besoins, il était dans une sorte d'état second. Le reste du monde disparaissait, il ne pensait plus aux clients attablés dans la salle voisine, attendant impatiemment qu'on les serve, ni à sa fille blessée, ni à sa femme folle d'inquiétude au point d'en être inconsolable. Il était absorbé par sa tâche : couper, peler, remuer les sauces, marier les saveurs. Ses mains voletaient avec une agilité diabolique, une précision que Nicole lui avait enseignée jadis dans la demeure des Rayfiel. Alors il entrait quasiment en transe. Devant ses fourneaux, il lui arrivait de songer à Claire, de la revoir jeune et libre, tout à lui. Il lâchait la bride à son esprit, imaginait que Claire était toujours cette fille optimiste qui détestait les chapeaux, qu'il était encore le garçon rebelle et impétueux qui l'aimait.

Tard dans la nuit, quand l'établissement fermait enfin ses portes, que les serveurs s'en allaient, que les lumières s'éteignaient dans la salle à manger pareille à la gloriette, où les tables étaient déjà dressées pour le déjeuner du lendemain, quand les couverts en argent et les verres en cristal étincelaient dans la pénombre, Martin sortait dans la rue pavée pour regagner sa maison de Bloomsbury, déserte à présent que Frances et Louisa avaient quitté Londres. Lorsqu'il pénétrait dans le salon aux murs tapissés de livres, avec ses tapis sur le sol et ses canapés blancs, il se disait invariablement que cet endroit était vraiment très différent de l'appartement au-dessus du restaurant, où il avait projeté de passer son existence avec Claire. Après son mariage, il avait préféré s'installer dans la vaste demeure de son épouse. Il s'y plaisait, quand Frances lui tenait compagnie. Frances était une femme charmante, honnête et responsable, il se sentait bien avec elle. Ils jouaient du piano à quatre mains, ils se faisaient la lecture, elle lui massait les épaules pour décontracter ses muscles crispés par une journée aux fourneaux. Tous deux étaient très fiers de leur fille, intelligente et gracieuse ; ils avaient un cercle d'amis fidèles, des couples qui partageaient leurs goûts et leur mode de vie.

Dans la chambre, il s'assit sur le bord du lit, retira ses vêtements, laissa tomber son pantalon ; la boucle du ceinturon tinta en touchant le sol. Il se rendait compte que son corps n'était plus le même qu'autrefois — il se mouvait avec moins de vivacité, d'énergie. Des fils d'argent étaient apparus dans sa chevelure noire — encore peu nombreux certes et qui lui donnaient un air distingué fort approprié pour un chef réputé, néanmoins ils étaient bel et bien là. Les années passant, il avait vu Claire se faner, à présent il commençait à comprendre que lui aussi vieillissait, qu'il déclinait ; la neige recouvrirait sa tête, le temps continuerait à s'écouler et son amour serait toujours hors de portée.

Lucas Swift mourut chez lui d'une crise cardiaque en 1966. Sa fille Claire lui tenait la main. Quelques semaines auparavant, il avait subi une attaque moins sévère et refusé qu'on l'emmène à l'hôpital d'Albany. « Inutile », avait-il gribouillé sur un bout de papier, car il avait du mal à s'exprimer. Il était donc resté dans sa maison. Chaque jour, Claire l'obligeait à exécuter ses exercices, à entourer de ses doigts raidis une petite balle de caoutchouc, à la presser, à s'asseoir un moment dans le lit. Mais il n'avait plus la volonté de lutter. Son épouse Maureen était partie depuis longtemps, maintenant il avait la possibilité de la rejoindre et ne voyait aucune raison de combattre la maladie. Il avait la bouche tordue dans un perpétuel rictus, la main crispée comme une serre d'oiseau, et l'esprit d'un enfant étourdi. Il attendrait la fin dans sa demeure.

Il n'eut pas trop à patienter. Une nouvelle attaque se produisit peu après, et Claire s'installa à nouveau sous le toit paternel. Daniel s'occupait des enfants, préparait leurs repas. Quoiqu'il ne fût pas très doué pour la cuisine, il savait mitonner de simples ragoûts. Claire restait assise au chevet de son père, elle lui caressait le bras, lui parlait du passé. Quand il rendit son dernier soupir, elle songea qu'elle avait exaucé la prière de sa mère, que sa tâche était accomplie. Swift Entretien était désormais une entreprise prospère qui louait un vaste entrepôt voisin pour stocker le matériel et abriter les bureaux. Maintenant, pensa Claire avec un brin d'ironie, elle pouvait quitter Longwood Falls et rejoindre Martin de l'autre côté de l'océan. Hélas, la vie était un jeu compliqué, pareil à ces figures à la corde à sauter auxquelles elle s'exerçait jadis durant des heures avec ses camarades, sur le trottoir défoncé de Badger Street ; si l'on ne sautait pas au moment précis où il fallait sauter, on n'y parvenait jamais.

Le prêtre arriva, suivi d'un croque-mort de l'entreprise funéraire Barker, affligé d'un tic nerveux qui faisait clignoter ses yeux. Claire se signa et baisa la main de son père. « Je t'aime », murmura-t-elle, puis elle se leva pour regagner sa maison, retrouver son mari et ses enfants.

Le 26 mai 1968, Martin se hâtait dans les rues de Londres, en quête d'un taxi qui le conduirait à l'aéroport. La capitale avait beaucoup changé depuis les années cinquante. Les adolescents, la musique, les couleurs criardes et diverses drogues l'avaient métamorphosée. Tout ce que Louisa adorait. Elle était affublée d'une minijupe en papier, passait son temps avec de jeunes abrutis, à califourchon sur une moto, écoutait du matin au soir les mêmes airs de rock et s'appliquait une telle couche de khôl noir sur les yeux qu'elle ressemblait à un raton laveur malade. Martin ne la blâmait pas, cependant ; elle avait enduré une longue et pénible rééducation après son accident de cheval et, maintenant qu'elle était rétablie, elle voulait découvrir le monde, connaître tout ce qu'il pouvait offrir.

D'ailleurs, Martin ne refusait pas la modernité. La semaine précédente, John Lennon et Paul McCartney, accompagnés de deux producteurs, étaient venus dîner à La Gloriette. Martin en avait été surexcité, durant tout le repas il n'avait cessé de les observer par la vitre ronde des portes de la cuisine. À son grand plaisir, les deux

Beatles avaient dévoré jusqu'à la dernière miette le poulet « à la Claire ». Il faudra que je le lui raconte, se dit-il, car il la verrait bientôt.

Quoique Martin menât une existence agréable auprès de sa femme et de sa fille, quoiqu'il fût satisfait de ses succès professionnels — de nombreux journaux et magazines lui consacraient de longs articles, et il s'apprêtait à publier un livre intitulé *Les Recettes de La Gloriette* —, il avait toujours le sentiment d'évoluer dans un songe. La part de lui qui vivait ici en Angleterre était engluée dans le sommeil, tandis que son être profond — celui qui bouillonnait d'énergie — explorait encore les ruelles de Florence avec Claire.

Frances tolérait le départ annuel de son époux pour Longwood Falls, bien qu'elle en eût toujours souffert. Ces visites étaient « innocentes », elle le savait, toutefois elles n'en représentaient pas moins à ses yeux une menace. Martin la comprenait. Il aimait retrouver Claire, c'était le moment de l'année qui lui apportait le plus de bonheur. Serait-il aussi heureux s'il avait Claire à ses côtés en permanence ? Il l'ignorait.

Chaque fois qu'il s'apprêtait à partir, Frances boudait, assise à sa coiffeuse dans la grande chambre. Elle soulevait sa lourde chevelure (la longue natte des débuts avait cédé la place à un chignon plus élégant) et disait :

— Elle est plus belle que moi ? C'est ça ?

— Non, répondait-il tout en rangeant ses affaires dans son sac de voyage. Elle n'est pas plus belle que toi.

— Alors elle est plus intelligente.

— Elle n'est même pas allée à l'université. Toi, tu as décroché un diplôme de philosophie avec mention à Cambridge.

— Pfft… je passe mon temps à faire du shopping chez Harrod's. Tu parles d'une philosophe.

— Mais tu as choisi cette vie-là.

Frances le regarda dans le miroir.

— Oui… Toi aussi, Martin, tu l'as choisie.

— J'en ai parfaitement conscience. Ne suis-je pas un bon mari ? Ne sommes-nous pas un couple uni ?

— Si, admit-elle, nous le sommes.

— Je ne demande qu'une chose : avoir le droit de m'en aller une fois par an. Il ne me semble pas que ce soit une exigence excessive, pourtant tu me fais invariablement une scène.

— Je suis désolée, mon chéri.

Frances se leva brusquement et l'embrassa à pleine bouche. Ses baisers étaient toujours ardents, passionnés. Du coin de l'œil, il la vit dans le miroir, pressée contre lui. Il l'enlaça, parce qu'il était son époux et que, au bout du compte, il l'aimait.

Le lendemain, il descendait sur le quai de la gare de Longwood Falls. Le soleil brillait. Les bouleversements qui avaient secoué le monde dans les années soixante ne paraissaient pas avoir atteint ce petit coin de la planète. Il y régnait une atmosphère languide, on ne semblait pas s'y soucier de guerres en Asie du Sud-Est ni de manifestations estudiantines.

Voilà la ville où vit Claire, songea Martin en pénétrant dans le jardin public. Cette pensée occupait tout son esprit, il oubliait que c'était ici que lui-même avait grandi. Les souvenirs de son enfance, de la grande demeure blanche aux dalles de marbre glissantes, s'étaient presque effacés de sa mémoire.

Mais alors qu'il se dirigeait vers le belvédère — aujourd'hui il avait une heure d'avance, Claire n'était pas arrivée —, le passé le rattrapa soudain. Son père et sa mère approchaient sur le sentier. Impossible de les éviter ; ils ne l'avaient pas encore aperçu, mais ils marchaient droit sur lui, et Martin sentit les battements de son cœur s'accélérer. Depuis des lustres, il s'efforçait de ne pas penser à ses parents, même si parfois il rêvait d'eux. Rêvaient-ils aussi de lui, pensaient-ils à lui quelquefois ? Ils n'avaient jamais tenté de contacter leur fils unique ; d'ailleurs, s'ils l'avaient fait, comment aurait-il réagi ? Maintenant ils apparaissaient devant lui, cette mère et ce père qu'il n'avait pas vus depuis quinze ans, et il en était abasourdi.

Il remarqua d'abord que sa mère, jadis svelte et blonde, avait grossi. Elle ressemblait à tous les alcooliques, les traits et la silhouette empâtés. Elle avait le regard noyé, la démarche incertaine ; elle n'était pas ivre, mais la boisson avait ravagé son organisme. Naturellement elle portait un chapeau plat, couleur betterave, posé sur sa tête comme une soucoupe volante venue d'une autre galaxie.

Son père, lui, avait radicalement changé. Il avait perdu sa prestance, sa violence. Il n'était plus qu'un vieil homme affaibli. Sans doute toujours aussi féroce, implacable et belliqueux à l'égard de ses ennemis, néanmoins la rage qui l'aiguillonnait était désormais enfouie derrière un masque de vieillard. Ses cheveux, naguère noirs et drus comme ceux de Martin, s'étaient clairsemés. Ils avaient pris une terne teinte grise, celle de l'âge, sa peau était semée de taches brunâtres, il marchait à petits pas. Plus personne n'avait à redouter un tel personnage, et Martin s'étonnait : comment avait-il pu passer la majeure partie de sa jeunesse dans la terreur ?

Tout à coup, ils le virent. Lucinda Rayfiel étouffa une exclamation, agrippa le bras de son mari.

— Regarde, lui dit-elle.

Ils s'immobilisèrent sur le sentier. Les parents contemplèrent leur fils qui les observait.

— Mère, dit-il. Père, ajouta-t-il avec un hochement de tête.

— Oh, Martin ! balbutia sa mère qui se précipita dans ses bras. Que fais-tu ici ?

— J'ai rendez-vous avec... un ami, répondit-il d'un ton circonspect.

— Ah oui ? Un ami d'autrefois ?

— En effet.

— Je n'en reviens pas, poursuivit Lucinda Rayfiel. Tu es un homme adulte, et si distingué...

Il lui entoura les épaules, lui tapota le dos comme s'il consolait une enfant. Et comme une enfant elle se mit à sangloter, serrée contre lui ; peut-être mesurait-elle en cet instant tout ce qu'elle avait manqué au cours de ces années de silence. Les larmes de son épouse parurent embarrasser Ash Rayfiel qui enfonça les mains dans ses poches et détourna les yeux. Martin était ému, sans plus. Il n'avait aucune envie de pleurer, mais il regrettait sincèrement d'avoir perdu sa mère. Longtemps avant son départ pour l'Europe, toutefois, il était déjà orphelin.

Claire, elle, était une bonne mère ; Martin le savait par son ami Motus qui lui écrivait toujours régulièrement pour le tenir au courant. Motus, qui avait à présent une fille un peu plus jeune que les enfants de Claire, disait que cette dernière était admirable, qu'elle se dévouait avec ferveur à sa progéniture. Elle leur confectionnait d'extraordinaires costumes pour Halloween, assistait à tous les concerts de l'école auxquels ils participaient, les écoutait avec fierté émettre des couacs à la flûte, les aidait à apprendre leur rôle pour le spectacle de fin d'année, à faire pousser des haricots dans du coton pour le cours de sciences naturelles. Elle était toujours à leur disposition, elle était *là*. Si elle avait eu des enfants avec Martin, comme ils l'avaient tant souhaité, elle se serait comportée de la même manière.

Lucinda Rayfiel s'écarta de son fils, et il lut sur son visage — dans ses yeux larmoyants, sur ses joues trop rouges à cause de la couperose et du fard — une expression implorante.

— Oh, Martin… J'aimerais pouvoir tout recommencer.

— Moi aussi.

— Il paraît que tu as réussi. Nous avons des amis à Londres. Tu te rappelles les Babbington du club ? Bill et Norma ?

Il opina, bien qu'il ignorât qui étaient ces gens.

— Figure-toi qu'ils se sont installés à Londres voici quelques années. Ils nous écrivent souvent, ils nous ont expliqué quel personnage important tu étais devenu. Une fois, ils nous ont même envoyé un article du *Times* qui t'était consacré ! Nous étions terriblement fiers de toi, bien sûr, nous voulions te le dire, mais ton père a jugé préférable de…

La voix de Mme Rayfiel s'étrangla.

Ash braqua son regard, aussi froid et indéchiffrable qu'avant, sur Martin.

— J'ai jugé préférable de ne pas te déranger. De ne pas intervenir. Tu as ta vie, et tu n'as jamais apprécié qu'on se mêle de tes affaires.

— En effet, rétorqua Martin.

Son père n'avait pas agi ainsi par courtoisie, mais par haine. La haine flambait toujours dans son cœur de vieillard.

— Tu viens à la maison ? suggéra Lucinda. Alex nous attend près d'ici avec la voiture.

— Qu'est-il arrivé à Henry ? demanda Martin, se rappelant l'homme plein de bonté qui le conduisait en ville dans la Bentley.

— Ce pauvre Henry est mort depuis des années. D'une tumeur au cerveau. Quelle affreuse tragédie.

— Je suis navré de l'apprendre.

S'il avait été informé du décès du chauffeur, Martin aurait assisté à son enterrement et rendu visite à sa veuve, qui travaillait comme gouvernante dans une autre demeure de la Colline. Henry avait disparu, de même que la robuste cuisinière suisse obsédée par le gruyère ; une tante et deux oncles de Martin étaient également au cimetière.

— Je ne peux pas vous accompagner, mère, pardonnez-moi. J'ai mon rendez-vous. Peut-être viendrez-vous à Londres un de ces jours. Père et vous aimez les voyages.

— Nous ne voyageons plus guère, cependant… oui, peut-être viendrons-nous.

Martin embrassa sa mère ; son père le salua avec raideur. Tous deux s'éloignèrent à pas lents dans le jardin public. Ils ne lui rendraient pas visite à Londres. Probablement ne les reverrait-il jamais.

Il alla s'asseoir dans la gloriette, pour se remettre du choc. Claire ne tarda pas à le rejoindre. Ses cheveux blonds, plus courts, encadraient son visage ; ses bras longs et graciles étaient croisés sur son corsage jaune. Elle portait un rang de perles colorées : un cadeau de sa fille Alison, expliqua-t-elle.

— Tu as toujours la même odeur, murmura-t-il en l'embrassant dans le cou.

Elle se recula et lui sourit. De l'autre côté de la pelouse, un homme les regardait. Il arrivait parfois que quelqu'un s'arrête pour observer en douce Claire et Martin, les amoureux platoniques qui se retrouvaient ici chaque année. Nul cependant n'osait leur adresser la parole ni faire de commentaire. Les enfants de Claire ignoraient l'existence de Martin.

— Sais-tu combien il est difficile à présent de se procurer ce savon parfumé au citron ? dit Claire. Il me faut passer toute la région au peigne fin. Au drugstore, ils n'en vendent plus, et je dois l'acheter à Albany. Seulement… je sais à quel point tu l'aimes.

— Oui. Merci d'aller jusqu'à Albany pour moi.

Ils étaient assis côte à côte. Elle lui parlait de sa vie, dont il connaissait déjà des bribes grâce aux lettres de Motus, mais il feignait cependant de n'être au courant de rien.

— Est-ce que tu sculptes encore ? lui demanda-t-il.

— Quelquefois, répondit-elle, évasive.

Elle se montrait toujours évasive dès qu'il abordait ce sujet. Peut-être cela l'embarrassait-il que Martin évoque le talent qu'elle n'avait pu faire fructifier. Il craignait qu'elle n'ait abandonné la sculpture, mais comme elle se refusait à en discuter, il n'insistait pas.

— Et comment marche La Gloriette ?

Il s'apprêtait à lui raconter quelques anecdotes, à lui annoncer que son livre de recettes serait bientôt publié, quand soudain cette conversation anodine lui fut insupportable. Il la voyait si rarement, pendant si peu de temps, et ils n'échangeraient que des banalités ? Non, c'était intolérable.

— Claire, dit-il brusquement, nous avons l'air de deux personnes qui voyagent dans le même compartiment et bavardent par politesse. Je t'en prie...

Elle hocha la tête.

— D'accord...

Il la dévisagea longuement.

— Tu te rappelles notre première fois au motel ?

Elle esquissa un sourire à la fois timide et malicieux.

— C'est ce jour-là que j'ai perdu ma pureté.

— Non... Aujourd'hui encore, tu es toujours aussi pure. D'ailleurs, je ne comprends pas le sens de ce mot.

Claire baissa les yeux, scrutant le sol.

— Ce jour-là a transformé ma vie.

Même si elle était revenue dans sa ville natale, si elle avait épousé un homme de la région et aidé son père à diriger son entreprise — bref, si elle avait mené une existence tranquille, où l'imprévu n'avait pas de place, à l'instar de la plupart des gens qu'elle connaissait —, elle avait le sentiment que cet après-midi au motel avait changé quelque chose d'essentiel à sa destinée. Cela n'avait pas été qu'un simple épisode. Parfois Martin craignait qu'aux yeux de Claire ce qu'ils avaient brièvement vécu ensemble n'ait été inutile, vain.

— Alors tu ne regrettes pas ? dit-il. Cette journée, ce qui s'est passé ensuite ?

Elle lui lança un regard étrange.

— Martin... comment peux-tu imaginer que j'aie le moindre regret ?

— Je suis heureux de l'entendre.

Il tint les mains de Claire serrées entre les siennes, jusqu'à ce qu'elle soit obligée de rentrer chez elle préparer le dîner.

En 1975, la fille aînée de Claire, Alison Martina Clusker — championne de l'équipe d'athlétisme du lycée de Longwood Falls et formidablement douée pour le dessin —, fut admise aux Beaux-Arts de New York et décrocha une bourse substantielle. Claire, qui n'avait pas eu la chance d'étudier l'art à fond, était aux anges. Chaque fois qu'elle surprenait Alison devant le chevalet installé dans le grenier encombré de leur modeste maison, elle était bouleversée par toutes les possibilités qui s'offraient à sa fille. Alison avait déjà un petit ami, un garçon ombrageux qui, après les cours, vendait des cornets de glace chez Beckerman's. Claire s'efforçait de les laisser en paix ; le soir, Alison et Jeff étaient autorisés à rester durant des heures sur la banquette de la voiture familiale, à faire Dieu sait quoi. Mais ces derniers temps, Alison semblait malheureuse, il lui arrivait d'éclater en sanglots pendant le dîner, sans raison valable, et de se ruer hors de la pièce.

— Ah, les adolescentes, commentait Daniel avec douceur. Je la plains. Je suppose qu'elles en passent toutes par là à cet âge. C'est une sorte d'initiation, n'est-ce pas ?

— Sans doute, répondait Claire qui, cependant, s'inquiétait.

Un soir, après qu'Alison eut quitté la table, en pleurs, pour la seconde fois de la semaine, Claire alla frapper à la porte de sa fille. D'abord Alison ne réagit pas, puis elle entrebâilla la porte, la figure bouffie de larmes. Derrière elle s'étendait la chambre aux murs recouverts de posters, dans laquelle s'entassaient bougies, livres de poche, pinceaux et produits de maquillage, vêtements. Sur le dossier d'une chaise gisait le vieux tailleur Chanel vert pomme, désormais trop étroit pour Claire, et qu'elle avait offert à Alison. Celle-ci le trouvait « génial » et « tellement rétro ». Elle aimait le porter avec des sabots suédois et les bijoux originaux qu'elle fabriquait en cours d'arts décoratifs avec des perles et des filaments de cuivre.

— Tu vas bien, ma chérie ? dit Claire. Si tu souhaites te confier à moi, je.

— Maman, coupa Alison, je ne peux pas discuter avec toi. Quand je vous regarde, papa et toi... vous n'avez rien connu de comparable à ce que je vis.

— Ah oui ?

— Oui. Je vis... une histoire d'amour. J'éprouve des sensations si violentes que ça me rend folle. Excuse-moi, mais tu ne comprendrais pas.

Claire dut bander toute sa volonté pour ne pas entrer dans la chambre, claquer la porte, asseoir Alison sur le lit et lui dire :

— Figure-toi, petite sotte, que je sais exactement de quoi tu parles. Ta mère a toujours eu une vie secrète, pétrie d'un amour tel que, si tu en avais la moindre idée, tes cheveux se dresseraient sur ta tête.

Mais sa fille ne la croirait pas. Car comment sa mère — cette femme ordinaire, d'âge mûr, gentille et casanière — aurait-elle pu se consumer de passion ? Claire elle-même se posait quelquefois la question.

Elle se contenta donc de fixer sur sa fille un regard empli de tendresse.

— Eh bien, si tu as envie de tester ma compréhension, je suis là.

Sur quoi, elle se détourna, sûre que dans un instant Alison serait au téléphone avec Jeff, en train de chuchoter, de pleurer et de rire, de prononcer des mots qui n'appartenaient qu'à eux.

Quand Lucinda Rayfiel, en 1987, mourut d'une cirrhose du foie, Motus téléphona à Martin. Celui-ci assista aux obsèques, assis très raide sur un banc de l'église. Il craignait que sa présence ne suscite moult commentaires, puis il réalisa que la plupart des gens qui auraient pu s'étonner de son retour étaient probablement morts. Deux ans plus tard, Ash Rayfiel succomba à une rupture d'anévrisme, alors qu'il travaillait dans son bureau de la chapellerie. Martin ne vint pas à son enterrement. Seules quelques rares personnes, lui rapporta-t-on, accompagnèrent le fabricant de chapeaux à sa dernière demeure. La maison de la Colline fut vendue, et toute la fortune familiale léguée à l'université de Princeton, où un bâtiment quelconque porterait désormais le nom d'Ash Rayfiel. Martin s'en moquait, il ne comptait pas sur cet argent. Lui-même était désormais un homme riche, célèbre dans sa partie, il exerçait un métier qu'il adorait et avait de nombreux amis à Londres et sur le continent. Régulièrement, Frances et lui les invitaient à La Gloriette, tous s'installaient autour d'une grande table ronde et passaient la moitié de la nuit à manger et rire sous le somptueux plafond conique de la salle à manger.

Sa femme et sa fille étaient pleinement épanouies. Frances travaillait bénévolement comme documentaliste au British Museum, et Louisa, qui avait fait ses études à Cambridge, y était maintenant — qui l'eût cru ? — professeur de philosophie, à l'instar de son père James. Elle avait depuis longtemps renoncé à ses minijupes en papier et à son maquillage de raton laveur.

Lorsque Martin fêta son cinquante-cinquième anniversaire, il y avait beaucoup plus de sel que de poivre dans ses cheveux. Quand il arriva à la gloriette, cette année-là, Claire écarquilla les yeux. Avait-il donc tellement changé depuis leur dernière rencontre ?

— Ai-je l'air si vieux ? demanda-t-il.

— Oh non… Tu as l'air important. Tu l'as

toujours été, bien sûr. Seulement, à présent ça se voit.

— Merci, dit-il.

Il lui prit la main, caressa du bout des doigts son bras gracile, semé de taches de son qu'il n'avait jamais remarquées auparavant. Les marques de l'âge, songea-t-il. Cela ne le gênait pas. Ces imperceptibles points bruns prouvaient simplement que Claire, cette femme si belle, était humaine et qu'elle vieillissait, ainsi que le commun des mortels. Il aimait ses imperfections ; il aimait tout ce qui, chez elle, était réel.

— Tu sais, murmura-t-il, rien ne me rend plus heureux que de venir ici.

— Moi aussi...

— C'est drôle... Nous avons chacun notre vie, après tout. Tu as tes enfants, Daniel, Swift Entretien. Moi, j'ai l'autre Gloriette — avec un G majuscule —, j'ai ma femme et Louisa la philosophe. Pourtant, quand nous nous retrouvons ici, il me semble que plus rien n'existe.

— Tu as raison, j'éprouve la même chose.

Ils étaient assis, serrés l'un contre l'autre, leurs mains jointes, sans se soucier d'être vus. Leur histoire n'intéressait plus personne. Martin lui donna la recette d'un délicieux potage à la tomate, qu'on servait froid, saupoudré de quelques brins d'aneth. Elle lui prit la main, l'approcha de ses lèvres et lui baisa les doigts.

Tous deux croyaient que cela continuerait ainsi indéfiniment : ils se rencontreraient chaque année, se parleraient et se tiendraient les mains, leur amour les envelopperait comme un parfum tenace qui jamais ne s'estomperait. Cependant, le 28 mai 1998, lorsque Martin monta les marches de la gloriette, il lut le désespoir sur le visage de Claire — alors âgée de soixante-six ans.

— Qu'y a-t-il ? demanda-t-il, effrayé, mais dans le fond de son cœur, il savait déjà.

Elle aussi avait peur. Comment lui dire ? L'annoncer à Daniel et aux enfants avait été plus facile. Les Clusker formaient une famille unie, ils pourraient se soutenir mutuellement. Tandis que Martin n'aurait personne à qui en parler, personne avec qui s'abandonner sans retenue à sa peine.

— Martin, écoute-moi...

Et elle lui raconta ce qui s'était passé.

Cela avait commencé dix semaines auparavant, alors qu'elle s'apprêtait à se coucher. Daniel, assis de son côté du lit, enfilait sa veste de pyjama. Claire appliquait une crème hydratante sur son visage. Daniel et elle partageaient une véritable intimité, qui n'avait cessé de croître au fil des ans. Elle vouait une profonde tendresse à cet homme timide, travailleur, qui, malgré ses soixante-six ans, s'amusait encore, parfois, à marcher sur les mains comme au temps de sa jeunesse. Il avait été un époux solide et tranquille, un bon père pour leurs trois enfants, qui avaient à présent fondé leur propre famille. Jonathan le consciencieux vivait en Californie du Nord avec sa femme et sa fille ; il était concepteur de logiciels. Edward le mélancolique habitait Boston, il avait deux fils. Son épouse et lui, violoncellistes, avaient été engagés par l'orchestre symphonique de la ville. Alison Martina Clusker, qui avait gardé son nom de jeune fille, était mariée avec son petit ami du lycée, Jeff ; le couple s'était installé dans le Vermont avec leurs trois enfants — deux filles et un garçon. Jeff enseignait, Alison se consacrait à son art. L'existence de Daniel et Claire était peuplée de petits-enfants, qu'ils recevaient pour Noël et les vacances d'été. Claire les adorait, l'hiver dernier elle avait tricoté pour chacun d'eux une magnifique écharpe aux couleurs de l'arc-en-ciel.

Cette nuit-là, avant de se coucher, Claire, un bras levé, se palpa le sein, ainsi qu'elle le faisait tous les mois, par précaution. En principe, cet examen machinal ne lui prenait que quelques intants. Mais ce soir-là, elle sentit sous ses doigts une grosseur, de la taille d'une perle. Était-ce un effet de son imagination ? Elle tâta son sein gauche avec plus d'attention.

— Daniel, murmura-t-elle. Je crois que j'ai un problème.

L'opération ne fut qu'un demi-succès. Les

médecins déclarèrent que le cancer s'était étendu aux ganglions lymphatiques axillaires. Lorsque Claire se réveilla, dans une chambre de l'hôpital d'Albany, il lui suffit de regarder le visage de Daniel pour comprendre. On lui avait retiré le sein malade, ce qui l'attristait. Daniel disait que cela n'avait pas d'importance, que seule sa santé comptait, mais elle était pessimiste.

La chimiothérapie l'affaiblit énormément. Elle avait maigri et quand, le matin, elle s'observait dans le miroir, elle se reconnaissait à peine. Bizarrement, elle avait l'air plus jeune, elle ressemblait davantage à une fillette fragile qu'à la sexagénaire malade qu'elle était en réalité. Le cancer continuait à la ronger — ce cancer qui avait emporté sa mère quarante-quatre ans auparavant. Elle se souvenait des souffrances endurées par sa mère — des yeux vitreux de Maureen Swift, de la façon dont elle tournait la tête sur l'oreiller pour dissimuler sa douleur à Claire.

Oh, maman… je suis une femme qui a dépassé la soixantaine, une femme que tu ne connais pas, et je subis la même épreuve que toi. Dis-moi ce que je dois faire.

Mais sa mère, de l'au-delà, ne pouvait pas répondre. Claire devait choisir seule son chemin. La chimio avait été un calvaire, ses chances de s'en tirer étaient minces, alors elle décida : je n'irai pas plus loin, ça suffit.

Elle expliqua sa décision à Daniel qui pleura

et la supplia de réfléchir encore. Elle le berça, sécha ses pleurs, lui dit que c'était une sage décision, qu'il vivrait très bien sans elle. Il avait ses enfants, ses petits-enfants, des amis.

— Et nous nous sommes aimés, conclut-elle.

— Oui… nous nous aimons.

Discuter de sa mort avec son mari et ses enfants avait été terrible, néanmoins elle n'avait pas flanché. En revanche, l'annoncer à Martin lui semblait au-dessus de ses forces. Dans la gloriette, après son opération, sa chimiothérapie et sa résolution de ne pas poursuivre le traitement, Claire parla longuement. Martin l'écoutait. Parfois son visage se crispait, mais il contenait ses larmes.

Quand elle se tut, il y eut un silence, puis Martin s'agenouilla devant elle.

— Sache que tu es toujours mon amour, dit-il d'une voix hachée.

Il avait les cheveux d'un blanc argenté, Claire venait de lui parler de sa maladie, de sa mort, pourtant elle ne songeait qu'à une chose : Dieu qu'il était surprenant et triste que Martin ait vieilli — lui à la chevelure jadis si noire, à l'allure si juvénile, si alerte, au cœur plein d'espoir.

— Tu es toujours mon amour, répéta-t-il, et quoi que tu fasses, je serai près de toi. Même si tu as peur…

Il s'interrompit, la gorge nouée. Il enfouit son

visage dans ses mains, Claire vit ses épaules trembler. Il se ressaisit et leva le regard vers elle.

— Je serai près de toi à chaque instant. Tu n'auras qu'à penser à ma main qui serre la tienne. À ce que nous éprouvions quand nous étions ensemble. Juste toi et moi, éperdument amoureux. Tu penseras à nos chambres d'hôtel en Europe, à nos dîners, nos promenades. Aux baisers que nous échangions devant chaque monument. Nous ne pouvions pas nous rassasier l'un de l'autre.

— C'est vrai, balbutia-t-elle en pleurant.

— Cela n'aura pas de fin. La mort n'y mettra pas un terme. Comment serait-ce possible ? Tu seras toujours dans mes pensées, mon amour. Et avant de m'en aller moi aussi, je trouverai un moyen pour que ce que nous avons vécu ensemble ne sombre pas dans l'oubli. Pour que ce monde se souvienne de nous.

Ils s'enlacèrent et laissèrent éclater leurs sanglots, sans pudeur, s'embrassant à pleine bouche, s'étreignant de toutes leurs forces.

— Je t'aime, Martin. Je t'ai aimé à la seconde où nous nous sommes vus pour la première fois, ici même.

— Avec mon œil au beurre noir.

— Et ma robe pêche… Qu'est-il advenu de ces deux êtres ? ajouta-t-elle, se remémorant les décennies — ces innombrables années qui les avaient à la fois unis et séparés.

— Ils n'ont pas disparu, murmura-t-il. Ils sont ici.

L'église était bondée. Tant de gens assistaient aux obsèques de Claire qu'il ne restait plus une seule place assise. Martin avait appris son décès, en juillet, par Motus ; hébété, il avait sauté dans le premier avion. Il était entré dans la chapelle au dernier moment, s'était dissimulé dans le fond afin que le mari de Claire ne l'aperçoive pas — mais Daniel aurait-il su qui il était ? Les autres savaient — tous ceux qui l'avaient vu dans la gloriette avec Claire, durant un demi-siècle. Cependant nul ne le regarda, ne lui prêta attention. Aujourd'hui, chacun ne pensait qu'à Claire. Plusieurs personnes lui rendirent hommage, évoquant avec un infini respect cette femme modeste, et pourtant extraordinaire, qui était née, avait vécu et s'était éteinte à Longwood Falls. Martin découvrit ses enfants — ses deux fils, séduisants et robustes, sa fille Alison, si belle, qui ressemblait tellement à Claire qu'il en fut bouleversé.

Quand elle se leva pour parler à son tour, il retint sa respiration. Elle avait aussi la voix de Claire, même si cette voix tremblait d'émotion. Elle avait déjà dépassé de loin l'âge qu'avait Claire lorsque Martin s'était épris d'elle.

— Ma mère était une femme ordinaire,

déclara Alison. Quelquefois elle s'amusait à faire les tests que publient les magazines féminins. « Avez-vous de la sensibilité ? », « Êtes-vous originale ? » Son score était toujours... moyen. Cela l'énervait passablement.

Quelques rires s'élevèrent. Alison esquissa un pâle sourire, se tamponna les yeux avec son mouchoir.

— Bien sûr, ceux qui connaissaient ma mère savent combien ce terme — « moyen » — était absurde. Aucun être humain ne peut être qualifié d'ordinaire. Qui ne possède pas une qualité que les autres n'ont pas ? Qui n'a pas un grain de folie ?

Alison promena son regard sur l'assemblée.

— Comme chacun de nous ici, ma mère avait son grain de folie. Elle nous confectionnait des costumes fabuleux pour Halloween. Une année, mon frère Eddie est allé sonner à toutes les portes du quartier dans la tenue du David de Michel-Ange — avec une feuille de figuier placée au bon endroit, je vous rassure.

Nouveaux rires.

— Je suppose qu'elle était une artiste frustrée, poursuivit Alison. Mais nous, ses enfants, nous n'avons jamais pâti de sa frustration. Elle était vive comme une abeille, travailleuse, drôle et incroyablement patiente. Les mères des autres me paraissaient souvent un peu trop protectrices, tandis que maman nous permettait d'être...

libres. Je lui en serai éternellement reconnaissante.

Alison s'interrompit ; les larmes roulaient sur ses joues.

— Maman, je regrette d'avoir été une adolescente insupportable. Je regrette de n'avoir pas mesuré tout ce que tu avais à nous offrir. Car il m'est apparu qu'au fond, ce qu'un être faisait de sa vie importait peu. Qu'il accomplisse de grandes choses, qu'il mène une existence idéale… peu importe. Choisir d'être avec les autres, se donner à eux sans compter, voilà l'essentiel. Vous savez tous que maman possédait cette générosité. Et je lui demande pardon d'avoir mis tout ce temps à le comprendre.

Alison s'interrompit à nouveau, luttant pour se maîtriser.

— Je remercie cependant le ciel de m'avoir, ces dernières années, ouvert les yeux. J'ai vu tout ce que maman avait à donner, et j'ai pris ce cadeau qu'elle m'offrait. Vous aussi, vous avez reçu votre part. Voilà ce qu'elle voulait, profondément. D'accord, ce n'était pas une célébrité, ni un génie, elle n'appartenait pas aux grands de la terre — à supposer qu'il en existe. Mais elle vivait dans ce monde — *le nôtre*. Et nous avions la chance inouïe d'y vivre à ses côtés.

Alison se rassit près de son père et de ses frères qui l'étreignirent. Martin eut l'impression qu'une mer de larmes déferlait dans l'église. On déposa sur le cercueil de Claire des gerbes de fleurs des champs, l'assemblée chanta, d'une seule voix, des cantiques.

Craignant de défaillir, Martin s'appuya contre le mur, écoutant la musique et donnant libre cours à ses pleurs qui inondaient son visage et mouillaient sa chemise. *Je suis avec toi*, lui dit-il en silence, comme il l'avait promis. *Je suis là, tout près. Et jamais, tu m'entends, jamais je n'oublierai qui nous étions : deux êtres humains qui se sont aimés, par-delà les années, du mieux qu'ils le pouvaient.*

Quand l'office s'acheva, on ouvrit les portes. À cet instant, Daniel Clusker se leva et se tourna vers Martin, qui soutint son regard. Daniel eut une brève hésitation, puis, muet, salua Martin d'un hochement de tête. Il n'y avait entre eux ni rancœur ni jalousie. Ils étaient simplement deux hommes qui avaient aimé la même femme. Après quoi Daniel pivota, quelqu'un l'embrassa. Les gens piétinaient, se donnaient l'accolade ; ils voulaient rester là, dans la fraîcheur de l'église, s'imprégner encore du souvenir de l'être merveilleux qui les avait quittés. Cependant Martin Rayfiel, lui, n'avait pas le droit de s'attarder en ce lieu.

Avant que l'on ne remarque sa présence, il sortit dans la lumière de l'été. Claire marchait à son côté, sa main dans la sienne.

11

LA dernière cassette était terminée. Martin conclut son récit dans un soupir, puis ce fut le silence. Abby éteignit le lecteur ; hagarde, elle se tourna vers la fenêtre. Une nouvelle aube se levait sur le jardin public.

Elle était épuisée, triste, perdue dans l'histoire qu'elle venait d'entendre. Sur sa table, cependant, la mallette de Martin était toujours ouverte. Abby vit qu'il y restait quelques papiers : une recette tirée du livre de Martin, l'annonce d'une conférence philosophique donnée par sa fille à Cambridge et, enfin, un document qu'elle déplia. En haut de la page, elle lut : DEMANDE DE PASSEPORT — CLAIRE SWIFT — 28 MAI 1952.

C'était donc le formulaire que Claire avait réussi, jadis, à faire certifier alors qu'elle n'avait pas d'acte de naissance. Abby s'apprêtait à le poser sur la pile de souvenirs exhumés de la mallette au cours de cette longue nuit, quand elle se demanda pourquoi ce document était rangé tout au fond de la valise. Les autres avaient été soigneusement classés par ordre chronologique depuis les factures du motel Lookout jusqu'aux faire-part de naissance des petits-enfants de Claire. Martin, si méthodique, aurait-il commis une erreur ? Cela paraissait peu vraisemblable.

Abby étudia le papier plus attentivement. Les renseignements que Claire avait dû fournir lui semblèrent exacts : date de naissance, adresse, nom du père et de la mère. Abby, convaincue qu'un détail lui échappait, relut le formulaire de la première à la dernière ligne, examina le sceau du notaire surnommé Motus, l'homme qui s'était mis en danger afin d'aider Claire à se procurer un passeport, parce que, pour lui, l'amour passait avant tout. Du doigt, elle effleura les reliefs usés du sceau.

Et soudain, elle vit. Sous le tampon figurait la signature de celui que Martin appelait Motus.

Thomas Reston.

Abby pressa une main sur sa bouche. L'officier ministériel était son père.

Jadis, son propre père avait été tellement amoureux qu'il avait rendu un immense service à un autre jeune couple. Abby n'en revenait pas ; elle l'avait toujours considéré comme un être peu sensible, et même si sa mère s'était évertuée à la persuader qu'elle se trompait, Abby n'en démordait pas. Or Motus — Tom Reston — avait été follement épris d'une femme — la mère d'Abby.

Leur mariage n'avait pas été une suite d'années mornes et fades ; ils avaient connu la passion, l'ivresse, vécu des expériences dont Abby n'avait pas la moindre idée. Mais ils s'étaient totalement donnés l'un à l'autre — cela, maintenant, elle le savait. Certes, son père était taciturne — il méritait bien son surnom —, cependant cela ne suffisait pas à le définir. Tom Reston était infiniment plus complexe qu'Abby ne l'imaginait. Si l'amour qu'il vouait à sa femme Helen — à sa fille aussi — ne passait ni par les mots ni par les effusions, il émanait du plus profond de son cœur.

Elle ne s'étonnait plus que Martin l'eût choisie pour tout raconter, qu'il eût tenu à lui confier, à elle seule, ses souvenirs et son histoire. Il lui semblait avoir partagé avec son père, sans le savoir, un vieil et fidèle ami.

Abby se redressa et entreprit de rassembler les papiers. Elle s'efforça de les remettre dans l'ordre où elle les avait trouvés, et glissa même la demande de passeport au bas de la pile, ainsi que Martin l'avait voulu. Elle s'apprêtait à ranger le premier paquet de documents dans la valise, quand elle s'aperçut qu'il y restait une enveloppe adressée à Martin. L'écriture ressemblait à celle de Claire, quoique tremblée, difficile à déchiffrer. L'écriture d'une femme mourante. L'enveloppe, décachetée, contenait une clé.

À la clé étaient attachées une chaînette garnie

de perles et une étiquette sur laquelle était inscrit : SWIFT ENTRETIEN, ENTREPÔT B. Abby la garda dans sa main, la soupesa, comme elle l'avait fait pour les cassettes, des heures auparavant.

Si tu ne veux pas connaître la réponse, ne pose pas la question.

Puis elle fourra la clé dans sa poche. Pourquoi pas ? Au point où elle en était…

Prise d'un léger tremblement — la fatigue ou l'émotion —, elle acheva de ranger les papiers, referma doucement la mallette, éteignit la lampe et sortit du bureau. Elle longea le couloir aux murs décorés des meilleures unes, encadrées, du *Ledger*. Avant de traverser le jardin public pour gagner, quelques rues plus loin, les locaux de Swift Entretien, elle avait encore une chose à faire.

Elle pénétra dans la salle que tout le monde appelait la bibliothèque et qui abritait les archives du journal, des centaines de volumes reliés en cuir vert, aux dos ornés de lettres dorées gravées en relief, pieusement conservés depuis la fondation de la gazette en 1846. Abby grimpa à l'échelle roulante et s'empara du tome daté « juillet-décembre 1998 ». Elle le feuilleta rapidement, l'ouvrit à la rubrique nécrologique qu'elle cherchait.

CLAIRE CLUSKER est décédée hier à son domicile, à l'âge de soixante-six ans, après avoir lutté courageusement contre le cancer. Épouse de Daniel Clusker et mère de trois enfants, Alison, Jonathan et Edward, Mme Clusker était née et avait passé toute son existence à Longwood Falls. Nous adressons nos sincères condoléances à son mari, ses enfants et petits-enfants, ainsi qu'à sa sœur, Mme Margaret Benton, qui réside également dans notre ville.

Mme Clusker... Abby secoua la tête et poursuivit sa lecture.

RANDALL DEVLIN est décédé vendredi, à trente-huit ans, des suites d'un accident de voiture. Nous adressons nos sincères condoléances à sa mère, Ruth Devlin d'Albany, et à son frère Matthew Devlin, qui habite Pensacola en Floride.

Abby passa à l'édition suivante du *Ledger*.

SANDRA CUSHING, âgée de quatre-vingt-huit ans, est morte samedi d'une crise cardiaque...

Venaient ensuite HAROLD STARRETT, puis le lendemain, NORMAN BRADFORD, HELEN MCLOUGHLIN, LOUIS MICHAEL, puis le jour suivant MARK KIBBING, EDGAR LOMAX, JOHN SANTINO...

Abby remit le volume en place. Elle descendit de l'échelle, considéra les murs recouverts de livres. Ici reposaient les vivants et les morts de Longwood Falls, en bon ordre, sous leur reliure de cuir vert.

Tout ce qu'on disait d'eux était exact, et tout était faux.

Abby referma la porte de la bibliothèque, traversa le hall silencieux, et quitta les bureaux du *Ledger*. On était le 28 mai ; le premier jour, lui sembla-t-il, d'une année toute neuve.

Il n'y avait pas âme qui vive dans le jardin public. L'herbe était humide de rosée, la gloriette miroitait dans la lumière du petit matin. Abby se dirigea vers une rue en pente, bordée de maisons aux volets clos, dont les habitants dormaient encore dans des lits douillets, ou bien faisaient leur toilette et s'apprêtaient à partir au travail. Nul ne savait ce qui se passait vraiment dans la demeure d'autrui — ni dans son existence.

Claire avait effectivement été telle qu'on la présentait dans sa nécrologie. À sa mort, Claire Swift était Mme Clusker, épouse, mère et grand-mère. Sans doute avait-elle tenu d'admirable façon ces rôles, néanmoins ceux-ci ne laissaient pas même entrevoir ce qui forgeait l'unicité de sa vie. Abby n'avait pas toujours rendu justice à son père ; son père à son tour, l'été précédent, alors qu'il dirigeait le *Ledger*, n'avait pas vraiment rendu justice à Claire en rédigeant sa notice nécrologique. Il y avait tant à dire sur elle, et lui qui connaissait la vérité n'avait probablement pas su qu'en faire.

Abby parcourut les rues que Claire avait parcourues naguère, elle dépassa Badger Street, puis Conley Street, le lycée, le café Beckerman's — elle faisait en quelque sorte le tour de l'existence de Claire, de tous ceux qui habitaient Longwood Falls, et elle se demandait si quelqu'un, sur cette terre, était capable de comprendre la complexité, les contradictions de ses semblables.

Enfin elle s'arrêta devant le bâtiment de l'entreprise Swift Entretien, un bâtiment qu'elle avait vu durant toute sa jeunesse sans y prêter attention, de même qu'elle n'avait pas remarqué une femme prénommée Claire, qu'elle avait pourtant dû souvent croiser au marché ou dans le square. Les enfants de Claire avaient étudié dans la même école qu'Abby, avec quelques années d'avance, or elle ne les avait jamais rencontrés non plus.

Les locaux étaient fermés. Abby essaya la clé ; elle fonctionnait. La lourde porte métallique s'ouvrit en grinçant. Abby pénétra dans un vaste espace obscur, le cœur battant d'excitation et de crainte mêlées. Elle chercha un interrupteur, n'en trouva pas. À tâtons elle longea le couloir, parvint à déchiffrer l'inscription ENTREPÔT A et continua à avancer jusqu'à la bonne porte. À nouveau, elle fit tourner la clé dans la serrure. La porte céda et, d'un seul coup, Abby passa de l'ombre à la lumière.

Le soleil entrait à flots dans la salle, par d'immenses fenêtres qui s'élevaient du sol au plafond. Abby s'immobilisa, abasourdie par le spectacle qui s'offrait à elle : partout de magnifiques sculptures de petite taille, ciselées avec soin : l'œuvre d'une vie.

À pas lents, Abby déambula parmi les statuettes. D'après les descriptions qu'il avait enregistrées sur les cassettes, elle reconnut Martin au temps de sa jeunesse, Claire adolescente, un livre dans les mains. Elle reconnut aussi les parents, Lucas et Maureen Swift, ainsi que la sœur, Margaret. D'autres travaux ne lui évoquèrent rien. Claire à l'âge mûr, son mari Daniel armé d'une scie, des enfants. Il y avait aussi un buste de Martin, récent à en juger par le visage ridé, un peu las, mais qui ressemblait comme deux gouttes d'eau à l'homme vieillissant, distingué et vibrant qui s'était présenté à Abby deux jours auparavant, avec sa mallette usée.

Ainsi Claire avait continué à sculpter durant toutes ces années; pourtant elle n'en avait pas parlé à Martin. Au moment de mourir, elle lui avait simplement envoyé cette clé pour le laisser découvrir seul ce qu'Abby découvrait à présent. Claire avait poursuivi discrètement son travail, cette œuvre de mémoire; sans doute avait-elle profondément joui de ces moments volés au quotidien, dans l'entrepôt B. L'œuvre de Martin était, par nature, publique, prestigieuse, reconnue ; celle de Claire avait été secrète, cachée derrière une banale porte métallique dans un bâtiment industriel perdu au bout de la ville.

Abby avait maintenant suffisamment de matière — une substance dense qui provoquerait l'étonnement et l'émotion — pour retourner à son bureau et s'atteler à la tâche. Elle ferait du récit de Martin un long article qu'illustreraient des photographies, des documents, les reproductions des sculptures de Claire. Elle raconterait une histoire extraordinaire, mais surtout elle révélerait ce qu'avaient vécu deux êtres, ici à Longwood Falls et ailleurs — un authentique scoop, car la vraie vie des humains demeurait presque toujours ignorée. Et ainsi, elle aiderait Martin à tenir la promesse faite à Claire : trouver un moyen pour que tout ce qu'ils avaient vécu ensemble ne sombre pas dans l'oubli. Voilà ce qu'il attendait d'Abby lors de sa visite.

Rester dans le souvenir d'autrui, se bâtir une existence qui laisse des traces durables : c'était aussi ce qu'Abby souhaitait. Comme Claire, elle estimait être une bonne mère, aimante et capable de se jeter dans les flammes pour son enfant. Son père serait sans doute fier de la façon dont elle dirigeait le *Ledger* — même s'il ne l'aurait jamais complimentée. Mais en amour… À New York, un homme lui avait tendu la main. Elle ne l'avait pas prise. Contrairement à Claire et Martin, elle avait refusé de courir sa chance. Or pour qu'une vie devienne une légende, il fallait un cœur ouvert et audacieux, prêt à embrasser tous les possibles.

Quand elle serait vieille, Abby voulait pouvoir regarder en arrière et dire : oui, j'ai fait ceci, et cela. Oui, je l'ai fait. Elle voulait avoir des photos à montrer, des lettres, des papiers, de vieux tickets, billets et factures, des souvenirs.

Dès aujourd'hui, elle appellerait Nick Kelleher, le séduisant et tendre pédiatre; sa fille Miranda en serait ravie. Peut-être lui permettrait-elle de venir les voir un week-end. Longwood Falls était beaucoup moins loin de New York que de Londres.

Elle songea à Martin qui, chaque année, sautait dans un avion et traversait l'océan pour passer un moment avec Claire. Elle désirait lui dire combien elle admirait ce que Claire et lui avaient accompli, et tout ce que cela signifiait pour elle. Mais elle n'aurait pas l'occasion de lui parler — il était parti.

Si elle ne se trompait pas — or elle croyait connaître à présent Martin Rayfiel —, il avait déjà quitté Longwood Falls. Il était rentré à Londres, dans son restaurant, près de son épouse, de ses amis et de ses clients. Il avait offert à Abby — la fille de Motus — tout ce qui leur avait appartenu, à Claire et lui. C'était à elle maintenant d'en tirer le meilleur.

Elle demeura longtemps dans l'entrepôt, si longtemps que, soudain, elle entendit des voix dans le bâtiment — les ouvriers de Swift Entretien entamaient leur journée de travail. Les bureaux du *Ledger* devaient aussi commencer à s'animer. Kim, la réceptionniste, un ruban fluo dans les cheveux, branchait la cafetière, tandis que l'un de ses collègues mettait la photocopieuse en marche.

Abby, pourtant, ne bougeait pas. Elle s'en irait bientôt, mais elle ne se résignait pas à quitter le monde découvert dans l'entrepôt B. Elle s'attardait, se penchait pour étudier les sculptures. Dans un coin elle en avisa une plus petite encore que les autres, et dut la soulever pour mieux l'examiner. L'objet tenait dans le creux de sa main, pareil à un écrin : la gloriette. À quelle époque Claire l'avait-elle sculptée ? Impossible de le savoir, car le temps n'avait pas abîmé la gloriette. Elle était telle qu'autrefois, un octogone parfait et gracieux, coiffé d'un toit pointu.

Abby la contempla jusqu'à ce qu'elle finisse par les voir, tous les deux, si jeunes, Martin et sa mèche noire qui lui tombait sur le front, Claire et son teint de porcelaine, sa robe d'été.

Ils étaient enlacés, serrés l'un contre l'autre comme ils l'avaient toujours été. Et ils riaient…

Merci infiniment
à Lisa Queen et Claire Wachtel
pour leur aide et leur soutien.

E. G.

La composition de cet ouvrage
*a été réalisée par l'***Imprimerie Bussière***,*
l'impression et le brochage ont été effectués
sur presse Cameron
dans les ateliers de **Bussière Camedan Imprimeries**
à Saint-Amand-Montrond (Cher),
pour le compte des Éditions Albin Michel.

Achevé d'imprimer en janvier 2000.
N° d'édition : 18354. N° d'impression : 1194-992247/4.
Dépôt légal : février 2000.